Bebelpark

Michael Ockert

Novellen

Bibliografische Information der Deutschen
Nationalbibliothek:
Die Deutsche Nationalbibliothek verzeichnet diese
Publikation in der Deutschen Nationalbibliografie; detaillierte
bibliografische Daten sind im Internet über http://dnb.dnb.de
abrufbar.

Titelbild © Michael Ockert
 gesetzt aus der Aquifer

Herstellung und Verlag: BoD – Books on Demand,
Norderstedt

ISBN: 978-3-7392-4379-5

für Ursula

Inhalt

Bebelpark

1

Es war das Jahr 2076 und die Wasser-Rationierung war noch einmal verschärft worden. Statt 25 Liter pro Tag bekamen jede Bewohnerin und jeder Bewohner nur noch zwanzig Liter für den Eigenbedarf, Kinder immerhin noch zehn. Was die einzelnen damit anfingen, war ihnen selbst überlassen. Ein Mal pro Woche kam das große Wasserauto, ein umfunktionierter Tanklaster, und pumpte die Wochenration in die Wohnungen. Da war Neckarau schon fast entvölkert, denn die Hitze des Sommers hielt niemand aus. Die meisten waren nach Skandinavien und Sibirien ausgewandert. Allerdings waren die Regionen nördlich des Polarkreises den Reichen vorbehalten. Der Wein wurde im Baltikum und in Südfinnland angebaut.

Erich Onkels stand am Eingang des Bebelparks und schaute über die Fläche. Der einst grüne Park glich einer Steppe oder Savanne. Selbst die letzten ausgetrockneten Grasstoppel waren niedergetrampelt und überall schaute der hellgelbe Lehmboden hervor. Wenigstens haben sie die Bäume stehen lassen, dachte er zufrieden, auch wenn es nur Baumgerippe waren und ein paar davon rußgeschwärzt. Selbst die kleine Eibengruppe hatte es nicht geschafft.

„Lauf weiter!" schnaubte Erich. Immer Claudius! Wenn der Junge nur in den Park einbog, wusste er, dass es Ärger gab.

„Sie haben mir gar nix zu sagen", rief der trotzig zurück. „Das ist doch lächerlich, was Sie hier veranstalten. Ein Aufzug wie beim Karneval. Ich habe so was schon mal auf einem alten Bild gesehen. Ich glaube, das war so was wie ein Bahnhofsvorsteher. Und waschen könnten Sie den auch mal."

Oder war es ein Förster, ging es dem Jungen durch den Kopf. Er wusste auch nicht, wie ein Förster aussah. Seine Oma hatte ihm einmal davon erzählt, als er klein war. Er versuchte, möglichst schnell an Erich vorbei zu kommen, und zog an der Leine seines Elektromops'. Dessen Fell war zusammengesetzt aus winzigen Sonnenkollektoren von braunem Kunstharz und die Ausbeute des Tages hätte gereicht, um ihn die ganze Nacht herumspringen zu lassen. Echte Hunde gab es sehr selten und auch nur, wenn man Beziehungen hatte - und Geld natürlich. So wie es kaum Wasser gab, gab es so gut wie kein Fleisch mehr. Hundefutter bestand zum größten Teil aus Puffreis.

„Das merk ich mir!" rief ihm Erich hinterher. „Deine Mutter wird sich freuen, wenn ihr das nächste Mal ins Bad kommt."

Claudius zuckte zusammen.

„Komm, Wastl, wir gehen lieber. Das ist kein lieber Onkel." Er zog an der Leine. Wie sich Onkels hier aufspielte, war einfach unerträglich. Andrerseits war er Bademeister des Volksbads und da konnte er ganz schön schikanieren, wenn er wollte. Seine Mutter würde sich sicher ärgern, wenn die Dusche schon wieder nach fünf Minuten abgestellt würde. Dabei standen ihnen sieben Minuten zu – zu zweit, Der Wechsel war immer eine Herausforderung.

Trotzdem, er konnte sich das nicht gefallen lassen. Er merkte, wie er überkochte. Am liebsten würde er es der Stadtverwaltung melden. Das war nun wirklich mehr als peinlich, Waldbademeister im Bebelpark. Da gab es doch gar keine Bäume mehr, allenfalls Baumgerippe. Wie klein musste Onkels' Ego sein, um sich diese lächerliche Rolle anzumaßen? Claudius hätte laut herauslachen können, wenn es nicht so traurig gewesen wäre.

Zum Glück bog Babette um die Ecke, auch wenn er es nur aus den Augenwinkeln bemerkte. Sie war eine der letzten Neckarauerinnen, die einen richtigen Hund besaßen, einen Zwergspitz. Und Onkels hatte einen Narren an ihr gefressen.

„Hallo mein Liebe, tritt ein! Welch eine Freude!" säuselte der. Babette war eine Mittdreißigerin. Auch wenn die T-Shirts, die sie über ihre geplusterten Shorts trug, oft ein wenig abgetragen wirkten, machte sie immer einen gepflegten Eindruck, genau wie ihr glattes braunes Haar.

„Wie, was geht, Alter?" rief sie Erich zu und nickte dabei breit grinsend. Ihre Erscheinung war der krasse Gegensatz zu Onkels in seiner Schutz-kleidung, der schweren neon-orangenen Arbeits-hose und -jacke mit Refelktorstreifen. Dazu die dicke Kappe mit großem Schutzschild und Sonnenbrille. Nur die Knöchel lagen bei ihm frei. Heute war es ausnahmsweise mal bewölkt, aber diese Montur hatte er immer an, auch bei prallem Sonnenschein.

„Komm, tauch ein in die herrliche Atmosphäre des Waldes! Fühlst du es, wie uns die gütigen Pflanzen mit ihren Düften umhüllen?" Er breitete seine Arme aus und atmete tief durch, obwohl die Luft drückend und war und in Schlieren aufstieg. Früher war der Saharastaub nur ein seltenes Phäno-men gewesen. An die Temperaturen über 35 Grad hatten sich die Bewohner längst gewöhnt. Anderer-seits war die Luft viel sauberer, seit keine Autos mehr herumfuhren. Dafür regnete es kaum und wenn, war die Schwüle nicht zum Aushalten.

Claudius zog sich in die kleine Stadtbibliothek am Rand des Parks zurück. Sie war im Jahr 2056 aufgegeben worden. Der Buchbestand war noch voll intakt. Idealisten pflegten ihn und staubten regelmäßig die Bücher ab.

2

Stanka und Krissa vom Ordnungsamt erwarteten ihn schon. Erich kannte sie. Er kannte sie allzu gut, alte Kolleginnen, ebenfalls in neonfarbenen Schutzwesten über der schwarzen Arbeitsmontur. Was blieb ihm übrig, als über den kleinen Hof auf sie zuzulaufen? Sie unterhielten sich vor dem kleinen Gebäude des Volksbads, seines Volksbads. Die Wolken hingen dunkel im Himmel über der ausgebleichten Fassade. Es würde kein Tropfen aus ihnen fallen, wie seit Monaten nicht.

„Jetzt komm schon rüber!" rief ihm Krissa mit einer weit ausholenden Handbewegung zu, ihre Stimme war rauh und fad. Er überlegte angestrengt, was das sollte, dass sie hier auftauchten, unangemeldet. Ihr Tonfall klang ja schon fast nach einem Befehl. Alles in ihm sträubte sich.

„Was wollt ihr denn hier?" Es waren nur noch ein paar Schritte. Krissa sah ein wenig untersetzter aus als das letzte Mal und er fragte sich unwillkürlich, wie sie an die Zusatzrationen rankam. Nur Stanka war genauso dünn und ausgemergelt wie immer. Ihre schwarzen Augen unter den buschigen Augenbrauen sprühten von Energie, abgemildert nur durch einen unerklärlichen Glanz. Das alles drang nicht zu seinem Bewusstsein vor, denn die Gedanken rasten. Die beiden hatten ihm gerade noch gefehlt.

Es war kurz nach drei, der Öffnungszeit des Volksbads. Die beiden standen dicht neben dem kleinen Pulk von Badegästen, die auf ihn warteten. Drei Frauen, ein etwa achtjähriger Junge mit Schwimmreif um den Bauch - wahrscheinlich war er noch nie in seinem Leben geschwommen - und zwei Rentner, die auf ihre Smartphones starrten. Generation Head Down. Smartphones waren längst außer Mode, es gab seit langem Chip-Implantate im Kopf, die man mit dem Gehirn steuern konnte. Bilder und Videos wurden auf die Netzhaut übertragen, Musik ins Innenohr. Die Gedanken waren vollkommen frei und überwacht. Nur die Alten wischten noch über die Glasflächen, auch wenn sie nur alte Techno-Clips anhörten.

„Ihr habt euren Besuch ja gar nicht angekündigt." Er konnte den maulenden Ton in seiner Stimme nicht unterdrücken.

„Ist ja auch ein unangekündigter Besuch", zischelte Stanka. „Jetzt sperr schon auf! Du wolltest doch die Beförderung ins Herschelbad." Das war das Hallenbad in der Innenstadt. Jugendstil.

Erich verstand die Welt nicht mehr. Bislang hatten sie alle unangekündigten Besuche angekündigt. Und was sollte das jetzt? Vor den Badegästen konnte er es nicht ansprechen. Er kramte verwirrt in seinem viel zu großen Schlüsselbund und fand schließlich den Schlüssel für das gusseiserne Gitterschloss.

Das Volksbad war ein kleiner Bau aus hellen Ziegelsteinen vom Anfang des letzten Jahrhunderts. Es war seit dreizehn Jahren wieder in Betrieb und alle Einwohner von Neckarau hatten das Recht, es ein Mal in der Woche zu nutzen. Die Wassermenge und die Duschzeit in den Einzelkabinen waren streng rationiert und ein Mal im Vierteljahr war ein Bad im Wannenbad erlaubt, ein Zugeständnis an die bauliche Einrichtung von damals. Die Wannen waren nun einmal da und warum sollte man sie nicht nutzen? Ein unvorstellbarer Luxus, eine volle Badewanne, aber niemand hatte mehr eine Erinnerung an die Selbstverständlichkeit von Wasser.

„Jetzt lass schon rein", raunte ihm Krissa in auffällig beruhigendem Ton zu, der Erich nur umso mehr alarmierte. Der kleine Mob schob sich in das enge Gebäude, ein kurzer gefliester Gang, spärlich durch die vergilbten Scheiben der Oberlichter erhellt. Links vier Wannenkabinen, rechts vier Duschkabinen.

„Mach ruhig erst mal die Badegäste." Stanka hätte fast ihre Hand auf seine Schulter gelegt, aber sie merkte seine Anspannung und hielt sich zurück. Er versuchte, seine Entspannung wiederzugewinnen. Nein, er wollte nicht angespannt wirken. Er kannte die Badegäste und ihre Einteilung genau und jetzt fiel ihm etwas auf.

„Giovanna, was machst du denn hier? Du hast doch gar keinen Termin."

Die kleine, mittelalte Frau mit schwarzen, zu einem Pferdeschwanz zusammengebundenen Haaren wandte sich energisch um und drängte sich an Erich heran.

„Mittwoch, ist heute nicht Mittwoch?"

„Nein, heute ist Dienstag." Diesen Irrtum aufzuklären, erleichterte Erich. Er spürte, wie eine Spur seiner geliebten Selbstsicherheit in ihn zurückströmte.

„Himmel, Dienstag!" Die kleine Frau reckte ihre Arme in die Höhe.

„Stimmt ja. Ich habe verwechselt. Dann muss ich schnell in den Supermarkt. Heute gibt's doch Fleisch!"

Das streng rationierte Fleisch war eigentlich nur Kunstfleisch, aus Bakterien gezüchtet. Es war genauso heiß begehrt wie früher und die Leute rissen sich darum. Es war ihnen nicht abzugewöhnen. Große Stücke rotes Fleisch in noch größeren transparenten Plastikwannen. Auch Plastik wurde keines mehr hergestellt. Es gab nur noch die Gefäße aus den 20ern und 30ern, die nach Gebrauch ausgewaschen und eingetauscht wurden.

3

Giovanna rannte aus dem Hof hinaus und schimpfte vor sich hin. Die Badegäste verschwanden in den Duschkabinen und Krissa und Stanka winkten Erich zum Dienstzimmer am Ende des Gangs. Der kleine Raum war hell gefliest mit quadratischem Grundriss. Sie verteilten sich auf den

Rohrstühlen um den vom Alter vergilbten Tisch, wobei die schabenden Geräusche auf dem Steinboden nicht zu vermeiden waren.

„Uns ist da was zu Ohren gekommen", begann Stanka. Sie strich eine dunkle Strähne aus der Stirn und schaute Erich direkt ins Gesicht.

„Was machst du da eigentlich immer im Bebelpark?" fiel Krissa ein.

Bebelpark? Wollten sie ernsthaft mit ihm über den Bebelpark sprechen? Er dachte fieberhaft nach. Dabei fiel es ihm sowieso schwer, seine galoppierenden Gedanken einzufangen. Außer im Bebelpark.

„Wieso, was soll damit sein?"

„Du weißt, dass du nur einen einzigen Job hast!" Stanka übernahm wieder.

„Wie kommst du darauf, im Bebelpark so etwas wie einen Waldbademeister abzugeben? Was soll das überhaupt sein? Und von Wald kann keine Rede sein. Du kannst nicht einfach die Amtsbefugnisse hier aus dem Volksbad auf den Bebelpark übertragen." Ihre dichten Augenbrauen senkten sich.

„Amtsbefugnisse! Wie kommt ihr denn da drauf? Ich verbringe da doch nur meine Freizeit." Erich konnte nicht verhindern, noch mehr zu schwitzen als ohnehin schon. Er stand auf und öffnete das schmale, langgezogene Fenster unter der Decke mit dem Handhebel.

„Tust du eben nicht!" Stanka versuchte, Blickkontakt mit ihm aufzunehmen, während er sich setzte.

„Du schikanierst Leute. Es kann dir doch egal sein, wer durch den Park läuft und wie. Dieses Getue kann ganz schön penetrant sein."

„Woher wollt ihr das denn wissen? Ihr lungert doch nur in der Stadt herum, wenn ihr nicht irgendwas an mir auszusetzen habt." Sein Gesicht begann rot anzulaufen.

„Jetzt mal ganz ruhig, mein Lieberle. Wir gehen dir ja nicht gleich an die Gurgel. Wir wollen nur wissen, was das soll."

„Was geht euch das an, was ich in meiner Freizeit mache. Euch scheint die Dauerhitze ja nichts auszumachen. Was bleibt einem da übrig, als die Stille und Erholung des Waldes zu suchen? Allein die Seele eines Baumes zu spüren, kann doch schon heilsam sein. Mal abgesehen von den Phenolen, die die Blätter verströmen. Bei dem Dauerstress hier braucht man ja einen Ausgleich." Erich zermarterte sein Hirn. Wer konnte ihn verpfiffen haben? Das konnte nur Claudius gewesen sein. Na warte, Bürschchen, dachte er sich. Obwohl er ja nicht wirklich was machen konnte.

„Ist ja schon gut", versuchte Krissa zu beschwichtigen. Sie sprach ganz langsam und lehnte sich nach hinten.

„Ich kann schon verstehen, dass dir die Hitze zu schaffen macht. Aber Dauerstress? Du schiebst doch eine ruhige Kugel hier. Wir wollen ja nur, dass du mit dem Quatsch aufhörst."

„Ist ja unerhört. Das ist kein Quatsch! Ihr wisst ja wohl, wem ihr eure Stellen zu verdanken habt. Und jetzt so was! Ein bisschen Dankbarkeit und Kollegialität hätte ich schon erwartet."

„Also sag mal! Wir machen hier nur unseren Job. Wir sind dir zu nichts verpflichtet." Stanka stand abrupt auf und strich ihre verknautschte Montur glatt, während Krissa ins Grübeln kam. Ihre helle Gesichtshaut war ein wenig bleicher geworden und sie drehte sich zu Stanka.

„Jetzt lass doch", versuchte sie, ihr möglichst unauffällig zuzuraunen. Aber das machte Stanka nur noch wütender.

„Das hört auf! Ab sofort! Verstehen wir uns?" Sie sah Erich unerbittlich an, aber der schaute nur genauso wütend zurück. Dann stapften sie aus dem kleinen Raum. Die Türe war nur angelehnt und zwei Duschkabinen wurden verstohlen nach innen geschlossen. Krissa folgte ihr, ohne noch Erich anzuschauen.

„Sag mal, spinnst du?" fuhr Stanka Krissa an, als sie den Hof erreicht hatten. „Der Alte soll spuren. Das hatten wir doch vereinbart."

„Aber wir verdanken ihm doch einiges. Vielleicht ist es gar nicht so schlimm, was er macht. Wenn er nur den Leuten helfen will."

„Meine Güte, wie naiv kann man denn sein? Es ist mir auch egal, was er treibt. Er soll nur die Leute in Ruhe lassen."

Sie waren am alten Rathaus an der Straßenecke angelangt, einem dreistöckigen Bau mit gelben Klinkersteinen, dessen obere Stockwerke verfallen waren. Der Dachstuhl war eingebrochen. Der Wind trieb feinen Staub durch die Straßen, die die Sonne in gleißend helles Licht tauchte. Aus dem aufgebrochenen Pflaster wuchs verdorrtes Gras und verkümmertes Kraut, das im heißen Wind wehte..

4

„Weißt du, ich hab mir überlegt auszuwandern." Claudius hockt im Untergeschoss der Lukaskirche, einem schmucklosen Bau aus Betonwürfeln des vorigen Jahrhunderts. Er wurde schon lange nicht mehr als Kirche genutzt. Der Boden des Innenraums war in den Vierzigern aufgebrochen worden, damit im Kellergeschoss möglichst tief in der Erde ein begehbarer Kühlschrank eingebaut werden konnte. Das so entstandene Tiefgeschoss war zu einem zusammenhängenden Raum ausgebaut worden, der von zwei Panzerglasdecken überspannt wurde. Sie hatten einen Abstand von ungefähr anderthalb Metern und der Zwischenraum wurde zur Isolation mit Wasser gefüllt. Darüber erhob sich der betongraue Kirchenraum mit einer Glasumrandung unter der Decke.

Claudius machte es sich auf der Eckbank in dem geräumigen Kühlschrank bequem. Die Wände waren mit einer feinen Schicht von Eiskristallen überzogen. Ihm gegenüber saß Leisen Seisen, die syrische Flüchtlingsfrau. Sie trug wie meistens schamanische Kleidung aus einem gewebten Rock und einer Jacke in kräftigen Farben, über die sich feine Stickereien verteilten. Ihre Haare waren in knallroten Zöpfen geflochten.

„Kann ich verstehen. Ist mir genauso gegangen", sagte sie. „Aber wo willst du hin?"

„Ja, weiß ich auch noch nicht. Wie war das denn bei dir?" Claudius schaute ihr forschend ins Gesicht. „Du bist doch auch geflohen, aus Norwegen, oder?"

„Ja, aber das war eine andere Sache. Ich musste ja weg. Sie haben uns das Häuschen weggenommen, das meine Eltern und Großeltern mühsam zusammengespart hatten, nachdem sie sich endlich eingewöhnt hatten. Das bekamen die reichen Einwanderer aus dem Süden. Von dem Geld, das uns zustand, haben wir nie etwas gesehen. Weiter nördlich konnte ich nicht, das war abgeriegelt. Außerdem hätte ich da gar nicht sein wollen. Da lebten nur die Superreichen. Die wollten sowieso unter sich bleiben."

Claudius kratzte sich am Kopf. Er genoss die Service-Zeiten im Kühlschrank. Er war verantwortlich, dass niemand etwas aus den Fächern klaute. Der gemeinschaftliche Kühlschrank war nur zwei Mal am Tag für jeweils zwei Stunden geöffnet. Seine wattierte Jacke hing immer griffbereit im Vorraum und manchmal kam er, auch wenn er keinen Dienst hatte, einfach um sich abzukühlen. Sein Job war ein echtes Privileg. Er hatte ihn im letzten Sommer nach der Mittleren Reife bekommen. Es waren nicht viele Mitbewerber da. Wahrscheinlich, weil die wenigen, die es noch gab, eher etwas in der Innenstadt suchten.

Was Leisen erzählt hatte, waren schlechte Nachrichten. Während er noch grübelte, kam Corry herein. Er kannte sie aus der Schule. Sie lebte mit ihrer Mutter ein paar Straßenzüge entfernt.

„Hallo, schon lange nicht mehr gesehen", rief er ihr zu, während er versuchte, seine Gedanken zu ordnen. Er liebte jede Abwechslung. Ruby nickte kaum merklich zurück und hob zwei Finger zum Gruß. Sie steuerte auf eines der Kühlfächer in der linken Seitenwand zu und öffnete es. Die Fächer sahen aus wie Briefkastentüren, nur etwas größer und weiß lackiert. Jede Familie im Stadtteil hatte ein solches Fach. Es war eine Maßnahme, um Stromkosten zu sparen. Die Zeiten, als alle ihren eigenen Kühlschrank zu Hause hatten, waren längst vorbei. Die Stromleitung hierher hatte einen privilegierten Anschluss, so dass sie nicht von den Stromausfällen betroffen war. Ruby nahm ein Stück vegane Butter heraus und eine durchsichtige Plastikschale.

„Heute gibt es endlich wieder Schnitzel." Sie warf einen triumphierenden Blick über die Schulter zurück auf die beiden. Während sie sich aufrichtete und hinausmarschierte, sagte sie fast ein wenig in sich selbst versunken: „Ich glaube, ich gehe nochmal bei Erich vorbei. Die frische Waldluft wird mir gut tun." Sie verschwand durch die Eingangstür. Claudius konnte es nicht fassen. Bei Erich!

„Was hältst du von Erich?" Er rappelte sich auf und sah Leisen an.

„Was soll schon mit ihm sein? Er ist in Ordnung, würde ich sagen." Claudius konnte seine Verwunderung kaum unterdrücken. Der vertrottelte Erich und die weltoffene Leisen passten doch gar nicht zusammen.

„Findest du nicht, dass er ein ganz schöner Wirrkopf ist? Was er da immer macht! Die Bäume sind doch alle tot und verdorrt."

„Ach, weißt du," Leisen rückte ihr Folklore-Kostüm zurecht, „woher willst du wissen, wie viel Leben noch in ihnen steckt. Im Winter nach dem einen oder anderen Regen wächst das Gras ja auch wieder und ich glaube, die Bäume, die noch übrig geblieben sind, haben sich längst an die Hitze gewöhnt. Hast du schon einmal versucht zu spüren, wie viel Leben noch in ihnen steckt? Auch wenn jetzt alles ausgedörrt scheint, ist es vermutlich immer noch voller Leben. Ich würd's an deiner Stelle mal ausprobieren."

Claudius konnte es nicht fassen. Sollte an Erichs Spinnerei tatsächlich etwas dran sein?

5

Krissa und Babette fuhren auf den Fahrrädern die Schulstraße entlang Richtung Großkraftwerk. Das frühere Kohlekraftwerk war 2031 stillgelegt worden und inzwischen zur Industrieruine zerfallen. Die Vormittagsdrohne kam ihnen auf der Straße entgegen. Sie flog nicht weit über ihren Köpfen und hielt kurz inne, um die beiden besser erfassen zu können. Sie war ein Überbleibsel aus den Sechzigern, in denen die meisten Drohnen und Überwachungskameras abgeschafft worden waren. Sie lohnten einfach nicht mehr. Außerdem waren sie durch die Chip-Technologie überholt. Aber Behörden trennen sich nicht gerne von liebgewonnenen Gewohnheiten.

„Ruhig, Ruby, bleib sitzen!" Babette griff in den Fahrradkorb, der am Lenker hing, und drückte den Zwergspitz sanft in das Polster.

„Ruby, das erinnert mich an den Pflanzenhandel in Ladenburg. Das war glaub' ich eine Orchideensorte" Krissa verfolgte Babettes Handgriffe.

„Weißt du eigentlich, wie man Orchideen pflegt?"

„Orchideen?" Babette schaute Krissa ungläubig an.

„Ja, ich habe eine Freundin, die im Pflanzenhandel arbeitet. Früher war es einmal ein Pflanzenhandel. Jetzt züchten sie dort Orchideen für den Export. Ist streng gesichert. Da kriegst du keine Orchidee heraus. Meine Freundin kriegt alle halbe Jahre eine als Gratifikation. Aber sie hat kein glückliches Händchen. Sie gehen ihr alle kaputt. Deshalb hat sie mir ihre letzte gegeben."

„Warte, meine Mutter hat mir mal davon erzählt. Sie hatte früher immer welche." Babette überlegte, während sie auf Ruby streichelte, deren Fell im Fahrtwind flatterte. Sie bogen auf die Rheingold-straße ein, was früher einmal die Hauptstraße hier gewesen war.

„Ich glaube, einmal in der Woche fünf Minuten wässern."

„Das geht ja von der Wassermenge", lachte Krissa.

„Ich werd's ausprobieren. Sag mal", meinte sie, „wie macht sich Claudius eigentlich im neuen Job?"

„Eigentlich ganz gut." Babette wich einer Spalte in der Fahrbahndecke aus.

„Ich glaube, es macht ihm Spaß, in sein Eis-Verlies zu steigen. Ist ja auch klasse, die Abkühlung. Hätte ich auch gerne."

„Du kannst doch jederzeit zu ihm und dich ab-kühlen, wenn du willst."

„Ja, stimmt. Aber er ist noch jung und vielleicht macht er sich dann Hoffnungen. Aber ab und zu…

Er ist ja schon ganz nett, nur ein bisschen vernarrt in Tiere."

„In Tiere?" Krissa schaute Babette entsetzt an.

„Ja, besonders Fische. Hat er mir mal erzählt, als ich was aus dem Kühlfach geholt habe. Dabei hat er ganz verträumt in die gläserne Zwischendecke geschaut. Du weißt schon, die mit dem Wasser. Ich glaube, er spielt mit dem Gedanken, dort Fische einzusetzen."

„Das kann er nicht machen! Das ist Gemeinschaftseigentum." Krissa schüttelte energisch den blonden Pagenkopf.

Der Tag war heiß gewesen und die Sonne näherte sich dem Horizont. Sie fuhren an dem vorbei, was früher einmal ein Badeweiher gewesen war und nun nur noch eine tiefe, ausgetrocknete Grube. Der Rheindamm war nicht mehr weit. Oben auf dem Damm sahen sie eine kleine Gestalt laufen. Das Folklorekleid war unverkennbar.

„Hallo ihr beiden", rief sie, "wo fahrt ihr hin?"

„Hallo Leisen! Ans Strandbad. Wir wollen den Sonnenuntergang genießen. Oder eher die einbrechende Nacht. Ganz schön warm noch!" Die beiden stiegen vom Rad und Babette wedelte sich mit der Hand Kühlung zu. „Hast du Lust mitzukommen?"

Leisen überlegte. Die dünnen Zöpfe fielen ihr über die Schulter.

"Ja, gerne. Ich wollte zwar zurück, aber es ist ja nicht weit. Habt ihr gesehen, der Damm bröckelt."

„Was soll's?" murmelte Babette. „Er wird sowieso nicht mehr gebraucht."

Das Strandbad, eine Betonpromenade aus uralten Zeiten, lag verwahrlost im Abendlicht. Aus der Betonkruste wuchsen winzige Blumen, von denen nur noch verdorrte Blütenstengel übrig waren. Das Bett des Rheins lag leer und voller Kieselsteine ausgestreckt vor ihnen. In der Mitte zog sich ein kümmerliches Rinnsal entlang. Das war noch besser als im Hochsommer, wenn auch das letzte Bisschen austrocknete. Auf beiden Seiten des Rhein-Bächleins zog sich ein Maschendrahtzaun, der oben mit scharfkantigem, gerollten Draht umkränzt war. Wasser stehlen war verboten. Sonst würde flussabwärts gar nichts mehr ankommen.

Der Kiesstrand lag verlassen da und die drei Frauen betteten sich bei einem alten Frachter, der vor Jahren liegen geblieben war. Sie lehnten sich an die Bordwand, deren rote Farbe abblätterte. Das Flussbett erstreckte sich in langgezogenen Kurven Richtung Norden und Süden und war an den Ufern von Baumgerippen und niedrigem verdorrtem Gebüsch umkränzt. Es dauerte nicht lange, bis sich die Sonne auf der anderen Flussseite in den kahlen Astfingern verfing. Ruby rannte über den Kies und kläffte ein paar Halsbandsittiche an. Es gab nur noch wenige von ihnen. Krähen und andere Vögel sah man so gut wie gar nicht mehr.

Die Nacht brach herein und die Luft kühlte sich kaum ab. Ruby kuschelte sich an Babettes Beine und legte die Schnauze auf den Kies. Die schmale Mondsichel tauchte auf und die drei unterhielten sich über die wenigen Durchzügler. Niemand wollte bleiben. Leisen erzählte von ihrer Flucht. Sie hatte sich fast ausschließlich über endlose, verwaiste Autobahnen bewegt, zu Fuß natürlich. Das Schwierigste war das Wasser, denn die meisten Dörfer waren verlassen und es gab keine Brunnen mehr.

Zuerst hörten sie es kaum. Dann wurde die warme Stimme Leisens von einem Wimmern unterbrochen, das durch die Dunkelheit zu ihnen hinaufdrang. Die drei schauten sich fragend an. Es war doch niemand da gewesen. Sie hatten so etwas noch nie erlebt, obwohl sie hier öfters waren, wenn der Abend einbrach.

„Hilfe, Hilfe", erklang ein schwacher Ruf. Es kam von flussaufwärts. Leisen stand auf, schaute noch einmal in alle Richtungen und lief in die Richtung der Laute. Als sie dem Zaun näher kam, konnte sie sie besser ausmachen. Die Stimme kam ihr bekannt vor. Sie trat an den Zaun und legte die Hand auf das Drahtgeflecht. Das schwache Mondlicht reichte aus, um Claudius zu erkennen.

„Leisen, Leisen! Was für ein Glück! Du musst mich hier rausholen!"

„Was machst du denn hier? Wie bist du dort hinein gekommen? Es ist verboten! Du solltest längst bei deiner Mutter sein!"

„Leisen, bitte frag nicht, ist doch egal. Hauptsache du holst mich hier raus."

Hinter Leisen tauchten zwei Schatten auf und Claudius fuhr zusammen.

„Was wollt ihr denn hier?" Er war in einem jämmerlichen Zustand und ihm war alles zu viel.

„Mich würde eher interessieren, was du hier machst." Der strenge Unterton bei Krissa war nicht zu überhören. Er wich zurück und stolperte fast.

„Schon gut", beschwichtigte sie. „Wie bist du da hineingekommen?"

Claudius zeigte mit dem Arm flussaufwärts und als er begann, dorthin zu laufen, folgten ihm die drei Frauen. Hinter der Biegung des Flussbetts kamen sie an eine Stelle, an der ein Seil auf dem Kies vor dem Zaun lag.

„Es ist mir weggerutscht, als ich zurück wollte."
Seine Stimme wurde sofort wieder weinerlich.
Krissa hob das Seil auf und befühlte es.

„Jetzt komm schon rüber!" Sie warf es über den
Zaun und half ihm beim Überqueren. Der Stachel-
draht hatte an dieser Stelle eine Lücke.

„Und was sollen die Flaschen da drüben? Sind die
von dir? Du wolltest doch nicht..."

Kaum war Claudius die Leiter hinuntergekrab-
belt, ließ er sich auf den Boden gleiten und blieb
wie ein alter Lumpen liegen. Er musste den
ganzen Tag in der Sonne zugebracht haben.

„Jetzt lass ihn doch!" Babette Krissa am Arm, als
sie Claudius hochzuzerren wollte.

„Es kann ja nichts Schlimmes sein, was er
angestellt hat. Schau, der Zaun ist so gut wie un-
versehrt."

Krissa schaute auf das zerknirschte Bündel zu
ihren Füßen.

„Na schön, dann komm erst mal nach Hause."

Die drei halfen Claudius bis zu den Fahrrädern.
Irgendwie bugsierten sie ihn nach Hause und
lieferten ihn bei seiner Mutter ab. Er sollte erst
mal zu Kräften kommen. Dann konnte man
immer noch sehen.

6

Es war Mittag und sengend heiß. Erich hatte sich in den Supermarkt geflüchtet. Solange er sich erinnern konnte, gab es diesen Supermarkt, und was früher eine Shopping Mall gewesen war, war zu einer einzigen weitläufigen Einkaufsfläche ausgebaut worden, unterirdisch wie die meisten öffentlichen Gebäude.. Er schlappte lustlos am Gemüseregal entlang. Quadratische Theken mit Glasrändern, in denen Gemüse lustlos herumlag. Die Anbaugebiete lagen weit entfernt, irgendwo zwischen Wolga und Ural. Es wurde durch Hypergeschwindigkeitsluftröhren hierher transportiert, mit ökologischem Strom natürlich.

„Na, hast du dir deine Ration rote Beete schon geholt?" Erich erkannte sofort Leisens Stimme.

„Weißt du", Er drehte sich um, „ist auch nicht so leicht, wenn man die Wahl zwischen roter Beete, Fenchel und Kohlrabi hat."

„Wenn man sie hat", lachte Leisen. „Und es ist doch besser als zwischen Kartoffeln und Karotten wie im Winter."

„Ja, ich hätte auch mal gerne wieder Tomaten oder Paprika. Aber auf meiner Zuteilungsliste stehen drei rote Beete, zwei Fenchel und ein Kohlrabi. Langweilig! Das könnten sie einem doch auch anliefern."

„Wäre ja noch langweiliger. Sie wissen schon, warum sie es so machen."

„Und was hast du heute auf deiner Liste, etwa Bonbons?" Erichs Finger spielten mit dem Kohlrabi in seiner Hand.

„Nee!" Leisen lächelte. „Viel besser. Auch ein Leckerli. Du wirst es nicht glauben: Heute habe ich meine Ration zugeteilt bekommen, ein Tütchen Cannabis!"

Erich fuhr herum und starrte sie mit großen Augen an. Der Neid war nicht zu verhehlen. Dann hellte sich sein Gesicht auf.

„Haha, dann kannst du ja heute Abend Party machen."

„Ja, warum nicht? Wir könnten im Bebelpark feiern. Komm, wir schauen, ob noch was da ist."

Sie liefen einträchtig nebeneinander den breiten Supermarktgang unter der niedrigen Decke entlang. Das Licht war heruntergedimmt und die Luft wehte feucht aus den Kühlregalen heraus. Es war keine Menschenseele zu sehen wie fast immer und die meisten Regale waren leergeräumt. Ab und zu surrte ein Versorgungsroboter vorbei, um das eine oder andere nachzufüllen. Vor dem Ausgang des Supermarktes bogen sie um die Ecke in eine Regalnische ein. Das war der Platz für die Genussmittel, die nur sehr selten zugeteilt wurden, mal die eine oder andere Flasche Portwein oder Cassis, die längst nicht mehr in Portugal oder Cassis verarbeitet wurden. Ab und zu gab es Tabak oder Marihuana. Wenn man Glück und sich nichts zu Schulden hatte kommen lassen, bekam man ein Mal im Monat eine Ration, ansonsten ein Mal im Quartal.

„Siehst du irgendwelche Cannabis-Tütchen?" Leisen beugte sich zu den unteren Fächern des Regals hinunter und durchstöberte die Fächer.

„Nee, ich seh' nix." Er schob die wenigen Zigarettenpackungen hin und her, aber von Cannabis-Säckchen war keine Spur. Die Enttäuschung stand ihm auf die Stirn geschrieben.

„Das können Sie nicht machen! Zuerst machen Sie dir den Mund wässrig und dann gibt es wieder Lieferengpässe", rief er verzweifelt aus.

„Ach komm, halb so wild." Leisen machte eine abwehrende Handbewegung. „Dann halt beim nächsten Mal. Wir können uns auch so im Bebelpark treffen."

„Ich hab bald keine Lust mehr. Immer diese Misswirtschaft und unterwegs gehen zufällig die Cannabis-Beutel verloren." Dann durchlief ihn ein Ruck.

„Weißt du was? Ich weiß, wo wir das Zeug her-bekommen. Du hast doch eine Zuteilung, also hast du auch ein Recht darauf. Wir holen uns deine Ration einfach so". So enthusiastisch hatte sie ihn selten erlebt.

„Mensch, spinnst du? Wo willst du das denn kriegen? Das ist Diebstahl. Sie würden es sofort merken. Und wenn Sie uns erwischen?"

„Es ist nicht weit, ich kenne einen Geheimgang. Der ist nicht überwacht. Und was kann uns schon passieren?"

„Ach nein, Erich. Das kann ich nicht von dir erwarten." Sie hielt einen Moment inne.

„Aber andererseits. Mein letzter Joint ist schon eine Weile her. Wäre mal wieder nett."

„Siehst du!"

Sie schlichen sich unauffällig aus dem Supermarkt, nicht ohne vom Kontrollautomaten gecheckt zu werden. Hätten sie doch besser nicht schleichen sol-len? Sie waren nicht geübt darin, Nicht-Schleichen vorzutäuschen. Egal, niemand schöpfte Verdacht.

Es gab in der Gegend nur noch wenige land-wirtschaftliche Anbauflächen. Sie waren meist un-terirdisch in aufgegebenen Industrieanlagen oder öffentlichen Gebäuden angelegt. Da das Wetter unter freiem Himmel jede Pflanze entweder aus-dörrte oder der Sturm hinwegfegte, konnte der

Anbau nur unterirdisch erfolgen. Die Decken dienten als Lichtzufuhr. Sie waren mit riesigen UV-Leuchtelementen gepflastert, genügend Helligkeit, um die Pflanzen zu versorgen.

Es war nicht weit entfernt und die Sonne stand hoch am Himmel, der Südwind ließ die Temperatur auf über 40 Grad ansteigen. Leisen und Erich waren daran gewöhnt und trugen ihre Schutzkleidung, dünne Capes aus Seide und Papyrus, eine Textilmischung, die kurz nach den Dreißigern entwickelt worden war. Sie liefen zu Fuß und waren bald an dem großen Güterbahnhof angelangt beziehungsweise an dem, was einmal der Güterbahnhof gewesen war. Die Autobahnbrücke, die sich über ihn hinwegspannte, war noch nicht eingestürzt, aber hing schon ein bisschen durch, und da längst keine Züge mehr fuhren, konnten sie auch über die Gleise laufen. Es waren dreißig bis vierzig Gleise nebeneinander. Auf ihnen standen vereinzelte Güterwagen herum, die manchmal für nächtliche Partys genutzt wurden. Jetzt war hier alles menschenleer. Auf den Feldern, die sich an die Gleisanlagen anschlossen, waren nur verwehte Reste von zerhäckseltem Stroh zu sehen.

„Häh? Wann haben sie hier das letzte Mal Getreide angebaut? Ich war schon so lange nicht mehr hier." Leisen schaute sich um und nahm einen Strohhalm, an dem ein bisschen Lehm hing, zwischen die Finger.

„Ich glaube, es ist mindestens zehn Jahre her. Wundert mich, dass das Stroh hier noch rumliegt. Schwitzt du auch so?" Erich wischte seine Stirn ab.

„Sollen wir uns ausruhen?" Leisen wies mit der Hand auf die Solar-Panels, die nicht weit entfernt standen. Sie bestanden aus riesigen rechteckigen Flächen und die meisten waren zur Sonne ausgerichtet. Nur hingen schräg in der Luft. Die Wartungstrupps kamen nur alle halbe Jahr vorbei. Die beiden setzten sich unter eines der Module am Wegrand und lehnten sich an den mächtigen runden Metallfuß, an dessen Ende spärliches Kraut wuchs. Das kam vom Tau, der hier herabtropfte, und die Sonne drang selten hier hindurch. Fast die ganze Rheinebene bis zum Odenwald war mit diesen Monstern gepflastert.

„Ich frag mich, was sie mit dem ganzen Strom machen." Leisen bewegte ihr Kleid, um sich ein bisschen Luft zuzufächern.

„Wirst du gleich sehen." Erich sah sie geheimnisvoll an und deutete mit dem Kopf zu der riesigen Arena hinüber, die sich nicht weit entfernt wie ein großer Römertopf vor ihnen aufbaute. Das abgerundete Dach glich einem Ufo. Früher wurde sie als Eisstadion und Auftrittsort für berühmte Musik-Bands genutzt. Sie ruhten sich eine Weile aus und tranken aus ihren Wasserflaschen, die sie immer mit sich führten.

„Wohin gehen wir eigentlich?" Leisen schob sich hinter Erichs Rücken in das Untergeschoss des Parkhauses hinein, das nicht weit von der Halle entfernt stand, und duckte sich unwillkürlich, als sie in die Dunkelheit eintauchte.

„Ja, ist ziemlich verlassen hier. Kommt selten jemand hin. Ich weiß nicht, ob sich jemand außer mir noch daran erinnert. Aber als sie die Plantage vor ungefähr zwanzig Jahren unter der Arena gebaut haben, bin ich manchmal hergekommen, wenn die Bautrupps Feierabend machten. Sie hatten einen Geheimgang vom Parkhaus zur Plantage, damit sie nicht durch die Sonne laufen mussten oder wenn es zu stürmisch war. Die letzten haben vergessen, ihn zuzuschütten."

Sie liefen über die weiten Flächen des Parkhauses. Leisen hatte in der Dunkelheit die Orientierung verloren. Sie näherten sich einer Wand. Erich holte eine Solarleuchte aus seinem Rucksack. Sie hatte die Form einer alten Bergwerkslampe. Er war halt hoffnungslos nostalgisch. Die Lampe brannte schwach, aber ausreichend. Er schob sich an dem, was früher mal ein Bezahl-Automat gewesen war, vorbei und verschwand dahinter. Leisen blieb ihm auf den Fersen.

„Das beste ist, dass sie hier keine Überwachungskameras und keine Drohnen haben. Und die Chip-Ortung funktioniert hier auch nicht mehr."

Erich kicherte. Der Gang war so schmal, dass nur eine Person gleichzeitig hindurchpasste. Der Beton bröckelte von den Wänden und die Gummifugen hingen herunter. Nach ungefähr fünfzig Metern sah Leisen einen Lichtschimmer am Ende des Gangs leuchten. Sie kamen näher und erreichten eine Luke, gerade so groß, dass ein Menschenkörper hindurchpasste. Erich legte den Zeigefinger auf die Lippen und trat an die Luke heran.

„Schau mal," flüsterte er. Vor den beiden breitete sich ein Meer von Grün aus, das allein daher unheimlich anmutete, weil sie so etwas nicht mehr gewohnt waren. Das Meer bestand aus meterhohen Hanfpflanzen, die sich zur Decke reckten, zu der gleißenden Fläche von Licht.

„Ich werd nicht mehr! Unglaublich!" Sie schaute ihn mit großen Augen an. Und nach einer Pause, als müsse sie erst wieder zu sich kommen, zischte sie:

„Du wirst nicht im Ernst! Es wimmelt hier von Robotern."

Genau in diesem Augenblick ratterte ein Blech-Monster an ihnen vorbei, ein ziemlich altes Modell. Die Arme und Beine wackelten und schepperten und er schob einen grün lackierten Gitterwagen vor sich her.

„Warte, warte! Lass uns schauen, wie oft einer kommt!"

Leisen fing ganz leicht an zu zittern.

„Nein, Erich", ihre Stimme hatte etwas Flehendes.

„Ich mache nicht mehr mit. Das ist viel zu gefährlich!"

„Aber die Ration steht dir doch zu", zischelte Erich und legte seine Hand auf ihren Unterarm. „Du weißt, es kann nichts passieren."

Leisen seufzte. Was sollte ihnen schon zustoßen, wenn sie vorsichtig waren? Sie beobachteten das Geschehen in der Plantage eine ziemlich lange Weile und jedes Mal zuckte Leisen zusammen, wenn wieder einer der Blechmänner vorbeirumpelte. Ihre Gesichter waren menschlichen Gesichtern nachempfunden, obwohl das keine Funktion hatte. Manchmal hingen die Unterkiefer ein wenig herunter. Ein Zeichen dafür, dass die Plantage schon lange nicht mehr inspiziert worden war.

„Jetzt ist schon fünf Minuten keiner mehr gekommen." In Erichs Stimme lag so etwas wie

Jubel, als ob er schon einen Büschel ausgerupft hätte und in der Hand halten würde.

„Ich schlüpfe nur mal schnell hinein und hole deine Zuteilung, ok?"

Im selben Augenblick schob er sich durch die Luke. Er war ja zum Glück ziemlich schmal. Leisen konnte gar nicht hinschauen, so schnell ging das. Und genauso schnell hörte sie das Scheppern des Roboters.

„Nein, nein, nein! Was soll denn das!" Erichs Stimme überschlug sich fast. Da hatten sie ihn schon am Schlafittchen, während er noch triumphierend einen üppigen Zweig Marihuana in der Hand hielt.

Leisen zerriss es schier. Sie folgte einem spontanen Impuls und rannte zurück in den dunklen Gang hinein. Dann, nach einigen Metern, hielt sie inne und schaute besorgt zurück. Sie konnte Erich doch nicht im Stich lassen, egal wie es ausging. Sie schob sich langsam durch den schmalen Gang zurück zur Luke.

„Alarm! Alarm! Eindringling gefasst!" hörte sie die schnarrende Stimme des Roboters.

Im nächsten Augenblick wurde das Rasseln um sie herum lauter. Erich war inzwischen von Robotern umzingelt und sie sah nur noch sein wutverzerrtes Gesicht darin aufblitzen. Er verteidigte

tapfer den Marihuanazweig und versuchte krampf-
haft, ihn sich unter die Jacke zu quetschen. Und er
vermied es, in ihre Richtung zu schauen.

„Lasst Sie mich in Ruhe! Weg mit euch
Ungeziefer! Das steht uns zu!" schrie er.

Was sollte sie nur tun? Erich wurde zurückgezerrt
und, ohne es zu wollen, entfuhr ihr ein unter-
drückter Schrei: „Eri...!"

Gleichzeitig hörte sie ein herantrabendes Scheppern aus dem Geheimgang hinter ihr. Nun hatten
sie sie beide.

Erich schien jetzt total durchzudrehen. Ihm
entfuhr ein krächzendes Lachen, das nicht mehr
aufzuhören schien, während er sich in die ausgestreckten Arme der Roboter warf, als ob er sich
von ihnen feiern lassen wolle. Leisen wusste auch
nicht, war er nun verrückt geworden oder was
sollte das sonst bedeuten?

7

„Vielen Dank, dass du mich da rausgehauen hast!"
rief Erich Stanka zu, die ihm auf dem Trottoir der
anderen Straßenseite entgegenkam.

„Woher willst du wissen, dass ich das war?" Sie lief stur geradeaus weiter, ohne sich auch noch nach Erich umzuschauen.

„Na, wer soll's denn sonst gewesen sein?"

Da war sie schon in einem Seiteneingang verschwunden. Sie hatte im Augenblick absolut keine Lust auf den alten Knacker. Die Straßenränder waren wie eh und je mit Autowracks zugestellt. Als vor ungefähr dreißig Jahren die Kleinatomkraftwerke in Frankreich eines nach dem andern hoch gingen, wurden die Fahrzeuge einfach stehen gelassen. Es gab keinen ausreichenden Strom mehr. Benzin war seit langem verboten.

Stanka wusste davon nur vom Hörensagen. Irgendjemand hatte ihr erzählt, dass sie nach der nuklearen Verwüstung die ganze Infrastruktur für das Aufladen aufgegeben hatten, spätestens, als der größte Teil der Bevölkerung West- und Mitteleuropa fluchtartig verließ. Und so eben auch Mannheim. Frankreich war seitdem unbewohnbar. Da die Vehikel nicht mehr bewegt wurden, waren sie mit einer dicken Schicht aus Staub und Dreck bedeckt vermischt mit Sahara-Sand. Manchmal wurden sie von Durchziehenden genutzt, um zu übernachten. Das war auch alles. Es war eine unkomplizierte Möglichkeit, ein weiches Polster zum Schlafen zu finden.

Sie hatte den Häuserblock umrundet und bog in das ein, was einmal der Pausenhof eines Gymnasiums gewesen war. Es gab einen Seitentrakt, an dessen Ende eine Treppe hinabführte. Dort unten wölbte sich unter einem Vordach das Gestänge von Fahrradständern auf, das meiste verbogen. Das eine oder andere vergammelte Fahrrad lag darin herum. Man hätte es für eine moderne Kunst-Skulptur halten können, wenn nicht alles so verdreckt gewesen wäre. Unkraut lugte aus den Ritzen. Hinten in der Ecke war in die Gebäudewand eine kleine Eisentür eingelassen, die nur wenige kannten. Sie war kaum von dem hellgrauen Beton der Wand zu unterscheiden. Dort hinein schlüpfte sie. War das ein Geräusch hinter ihr? Das Schaben war kaum wahrnehmbar. Vielleicht eine Katze oder Ratte.

Sie kannte den Weg genau. Über den langen schmalen Gang führte er durch ein enges Treppenhaus empor. Es war dunkel hier drin, aber ihre Augen gewöhnten sich schnell daran. Im obersten Stockwerk endeten die Treppen im Freien. Die warme Außenluft wehte ihr entgegen. Das Dach war zum Teil abgedeckt und die Trümmer der Dachbalken ragten in den Himmel. Die Winterstürme der letzten Jahre hinterließen ihre Spuren. Sie fielen immer noch heftiger aus. Niemand kümmerte sich mehr darum und die Dachstühle verfielen.

Heute war ein überraschend klarer Tag und die Luft nicht so diesig und gelb wie sonst. Stanka konnte sich nicht erinnern, wann sie das letzte Mal eine solche Weitsicht hatte. Ein paar Schäfchenwolken schoben sich als weiße Tupfer in dem hellblauen Himmel vorbei. Sie konnte bis zum Odenwald schauen. Auf der Abbruchkante der Gebirgslinie erkannte sie die Windräder, die früher einmal in Betrieb gewesen waren, beziehungsweise deren Reste. Sie sahen aus wie ein marodes Gebiss, das sich in den Himmel fraß.

War da was? Das konnte nur das Schleifen eines Dachblechs oder eines Plastikteils sein. Hier hinauf hatte sich noch niemand verirrt. Und doch merkwürdig. Ob sie mal nachschauen sollte? Sie hielt einen Moment inne und blickte sich um. Wer sollte ihr schon hier hinauf folgen? Sie wandte sich dorthin um, wo sie hinwollte. Die Tiefe und Dunkelheit im intakten Dachstuhl zog sie magisch an. Es war nicht weit. Sie schlängelte sich durch die umgestürzten Balken hindurch und musste auf die zerbrochenen Dachziegel aufpassen. Dort, wo das Dach an der Ziegelsteinwand endete, schlüpfte sie durch eine schmale Pforte. Jetzt nur noch die Holzstiege hinunter. Sie stieß die kleine Tür auf.

„Na endlich!" begrüßte Claudius sie lässig. Er lümmelte in einem großen Ledersessel herum, dessen Leder verblasst war.

„Schau mal, was ich dir mitgebracht habe!" Sie zog eine voluminöse Plastikflasche hervor und zwinkerte.

„Hey? Wo hast du das denn her? So was hab ich ja noch nie gesehen!"

„Nee, ist auch verboten. Das gab's früher mal. Ich habe sie konfisziert. Diebesgut. Eine Wasserflasche für anderthalb Liter." Sie zeigte mit dem Finger an die Stirn.

„Unglaublich, auf was für Ideen sie gekommen sind. So viel Plastik für einen Schluck Wasser!"

„Ist es für mein...?"

„Ja klar! Ich will doch nicht, dass deine Schätze verrecken."

„Was ist das?" Claudius fuhr herum und starrte Stanka mit weit geöffneten Augen an. „Hast du das gehört?"

„Scheiße!" Stanka legte den Zeigefinger an die Lippen und flüsterte: „Ich hab's befürchtet."

Sie blickten gebannt auf die schmale Tür, hinter der die Stiege lag. Stanka schlich hinüber und lauschte am Türspalt. Es war nichts zu hören. Aber sie war erfahren. Blitzschnell riss sie die Tür auf und stürmte die Treppe hinauf. Oben gab es ein kurzes, heftiges Gepolter. Dann schleppte sie eine schmächtige Männergestalt die Stufen herab. Sie hielt den Kerl am Kragen wie einen nassen Lappen.

„Halt! Was soll das? Lass mich sofort runter!" schrie das Männchen. Es war Erich. Stanka musste sich sammeln und schaute in Claudius' fragende Augen.

„So ein Dreck! Was machen wir jetzt mit dem?" entfuhr es dem Jungen.

„Spinnt ihr? Was soll das? Was machen wir mit ihm? Ihr könnt mich doch nicht..." krächzte Erich. Und dann in einem überraschten und schon fast heiteren Tonfall:

„Ich werd nicht mehr! Ein Aquarium?" Er deutete mit dem ausgestreckten Arm auf den Glaskasten, der unter der Dachschräge auf einer hölzernen Kommode stand. Das Wasser glitzerte grün von sich hoch rankenden Wasserpflanzen. Ein paar schmucklose dunkelgraue Fische flitzen dazwischen umher. Im selben Augenblick fing Erich laut an zu lachen und schüttelte sich aus Stankas Griff frei.

„Und was soll das hier?" Er zeigte auf den Kontrabass in der Ecke. Seine Oberfläche war hellbraun und der Lack abgeschabt. Aus seinen geschwungenen Resonanzschlitzen flogen Bienen ein und aus und zu dem aufgebrochenen Dachstuhl hinaus.

„Nicht nur ein Aquarium, auch noch eine Bienen-zucht!" In Erichs Stimme schwang immer mehr Ausgelassenheit.

Ganz im Gegensatz zum Entsetzen in Claudius' und Stankas Gesichtern, das immer mehr träger Apathie wich. Der Junge ließ sich in den Sessel zu-rücksinken und sie verkroch sich in die Ecke des Kanapees an der Seitenwand.

„Jetzt mach mal halb lang", presste Stanka wü-tend hervor.

„Das ist ja nichts Verbotenes hier."

„Hey? Wenn es irgendetwas Verbotenes gibt, dann ja wohl das hier!" Erich tänzelte schon fast zu der Ecke, in der der Kontrabass lehnte. Direkt daneben standen in einer geraden Reihe an der Wand ein paar angelaufene Blechblasinstrumente, unter anderem eine riesige Tuba.

„Muss wohl das Musikzimmer gewesen sein", meinte er. Seine neugierigen Augen tanzten im ganzen Raum herum.

„Die Frage ist nicht, ob es verboten ist oder nicht. Die Frage ist eher, was wir mit dir machen." Stanka richtete sich auf.

„Was wollt ihr schon mit mir machen?" Erich zuckte mit den Schultern und machte es sich auf der anderen Kanapeeseite gemütlich, auch wenn Stanka sich noch mehr in ihre Ecke drückte.

„Ich würde ihn am liebsten am ausgestreckten Arm zum Fenster hinaushalten. Übernimm du am besten!" warf sie Claudius trocken zu, während sie sich nach hinten sinken ließ.

„Ich werd' schon nichts verraten. Eine Hand wäscht schließlich die andere." Erich merkte, dass es ernst wurde. Stanka wollte nichts davon wissen. Sie musterte ihn, als ob sie ihn verschlingen wollte, während sich Claudius lethargisch nach ihm umsah.

„Ja, ich meine es ernst!" Erich klang so gut gelaunt wie schon lange nicht mehr, „denkt ihr, ich hab' was gegen Bienen? Find' ich Spitze! Hab' schon lang keine mehr gesehen."

Die beiden sahen sich ungläubig an. Was war denn in den Alten gefahren?

„Vielleicht können wir noch ein paar mehr ansiedeln, vielleicht dort." Erich deutete auf die Tuba. Claudius sah ihm forschend in die Augen.

„Und..? Sagst du das nicht nur, damit wir dich laufen lassen?" Zum ersten Mal fiel ihm auf, dass dessen Augenfarbe einen freundlichen Farbton hatte, ein helles, fast schon blasses Blau mit winzigen Einsprengseln von Grün. Aber das war nur ein kaum wahrnehmbarer Unterton.

8

Die Figur auf der Glasfläche hätte die Syrerin mit den weiten, bunten Kleidern sein können. Sie saß aufrecht im Schneidersitz und es schien, als ob sie über dem Boden schwebte. Sie wirkte erfüllt, aber mehr noch strahlte sie Versunkenheit und In-Sich-Ruhen aus, was allein die Haltung ihrer Schultern verriet. Sie war in das abklingende Licht der Abenddämmerung gehüllt, das durch die Fensterschlitze unter der schweren Betondecke in den Kubus des Kirchenraums einfiel.

Nur die Notbeleuchtung des begehbaren Kühlschranks unter ihr schien als Lichtschimmer herauf, ein fast schon kalter, unzulänglicher Schein mit einem Violett-Stich, der zu flackern schien. Es war nur elektrisches Zucken und Wischen. Darein mischte sich kaum der gelbe Schein einer Kerze, die in ihre Wachstropfen gestellt war, direkt neben der Gestalt. Es schien ihr egal zu sein, dass Kerzen schon lange verboten waren.

„Komm ruhig herein!" Babettes warme Stimme schien gehaucht und klang trotzdem fest. Ein dunkler Körper löste sich aus dem ununterscheidbaren Grau des Betonquaders, der einmal ein Foyer gewesen war.

„Ja, gerne. Danke!" Die junge Männergestalt setzte sich in kurzem Abstand neben sie. Waren es seine Stimme oder seine Bewegungen, die so unscheinbar erschienen?

„Du weißt, du kannst jederzeit zu mir kommen, Claudius." Die Wärme ihres Körpers wehte zu ihm herüber und hüllte ihn ein. Ruby, der Zwergspitz mit dem hellrötlichen Fell, eigentlich nur feines Haargespinst, hatte sich in der Ecke eingerollt und schlummerte, während er lauschte.

Der Wind pfiff kaum hörbar durch die Fugen der Glasscheiben, mild und lau. Er verteilte sich ungebunden wie der Flug von Fledermäusen im Raum und durchstreifte alle Winkel. Er verfing sich in den Resten der Orgelpfeifen, sofern sie in ihren zertrümmerten Holzkästen übrig geblieben waren. Es war ein Wispern und Zischeln, das als kaum spürbarer Zug an den Klanglippen leckte. Es hörte sich an wie eine Fuge aus vergessenen Zeiten. So fügten sich die Laute von Geistermündern gehaucht ineinander. Vielleicht war es auch der Nachhall von Gesang, der früher einmal hier erklungen war und sich auf die Oberflächen gelegt hatte. Oder beides verkräuselte sich miteinander. Wie es aus dem Nichts erschien, so verschwand es auch ins Nichts der Ruinen in den umliegenden Vierteln.

„... auf Wegen, die du nicht kennst." Die Worte schienen aus eben diesem Nichts aufzusteigen und in dasselbe Nichts zu verklingen. Doch Claudius merkte sehr wohl, dass Babette sie aussprach, auch wenn es ihm schwer fiel, ihre Stimme wiederzuerkennen.

„Du hast mich nie gesehen, aber ich bin immer bei dir und habe deine Schritte gelenkt. Meine Fittiche trugen dich, als du dich selbst noch nicht kanntest, und tief im Innern spürst du jeden ihrer Flügelschläge. Der Weg ist nicht dunkel, Licht, geheimnisvoller als das Mondlicht, leuchtet uns. Die Baumwipfel und Tannenspitzen weisen die Wolkenlücken, die in das Dunkel führen, dem wir zustreben. Hier wirst du zu Hause und geborgen sein und dein Schlaf wird alle Unruhe lindern. Die Wesen, die dich umgeben, sind wie du. Sie warten auf dich und erschaffen dich in ihren Träumen. Warme Winde vom Südmeer ziehen heran und umwehen dich. Du wirst, was dich umfängt, und bist es schon.

Du steigst Stufen hinauf und hinab und bist verbunden mit dem, was du ersehnst. Das Farbenspiel von Licht und Dunkelheit wird nicht enden und du wirst Teil davon und dich darin verwandeln, ohne dich darin zu verlieren. Deine Farbe ist Silber, in dem ein grüner Schimmer leuchtet. Bis

ich dich an die Hand nehme und wir zurück-
kehren. Dann wird dieser Ort sein wie jeder Ort,
du wirst mir in die Augen schauen und verstehen.
Jetzt kehren wir zurück, es ist noch nicht so weit.
Lass dich umwehen von dem, was dich umspielt.
Tauche auf, ich werde deine Augen wieder ver-
schließen."

„Was war das?" fragte Claudius. Es fühlte sich an,
als ob er aus einem tiefen Schlaf aufwachte.

„Was?" Babette drehte sich leicht zu ihm um.

„Ich muss geträumt haben. Weißt du nicht?"

Sie senkte ihre Lider und ihre Lippen lächelten
eine schmale Linie. Mondlicht sickerte in den
Raum. Die abgekühlte Luft von draußen linderte
die Körperwärme. Der Wind war einem Hauch
gewichen. Er drückte sich als kaum fühlbarer Kuss
auf die Haut, zugefächert wie von Schmetterlings-
flügeln. Im Entstehen schon verweht.

Sie spürten ihre Körper und sie spürten den
Schmerz, der in ihnen wohnte, aber er tat nicht
weh. Sie spürten das, was sie ausmachte, ganz nahe
und eng anliegend, als könnten sie das Fließen im
anderen wahrnehmen und darin übergehen, ein
heiteres, leichtes Fließen, an seinen Rändern flam-
mend und unbeugsam. So saßen sie eine Weile
und diese Weile war nicht weit davon entfernt,
sich so anzufühlen, als würde sie niemals enden.

Die Kerze flackerte leicht, als ob eine unsichtbare Hand über sie hinweggestrichen hätte.

9

Es war schwer, sich aus dem Schlaf herauszuwühlen, obwohl es schon lange Tag war. Er spürte es, weil die schon überheiße Luft eindrang. Erich erwachte wie aus schweren Träumen. Er lag auf einer schmalen Pritsche in einem Kellerloch des Gründerzeithauses. Diese Keller lagen tief in der Erde und waren von dicken Wänden ummauert, so dass sie auch im Sommer nicht aufheizten. Er hatte am Vorabend mit sich gerungen wie schon so oft und seine Sachen gepackt. Er schob die Entscheidung seit Jahren vor sich her, auch wenn er nie mit jemandem darüber gesprochen hatte. Nun war er sicher, fast sicher. Er wünschte sich, dass er noch sicherer wäre. Es war nicht mehr für ihn möglich wie früher. Es war nicht mehr sein Zuhause. Früher als Kind war er mit seinen Eltern im Urlaub im Ausland gewesen. Die Vorstellungen von damals tanzten in seinem Kopf herum. Vielleicht fand er doch einen besseren Ort.

Die Bewegungen kosteten ihn Überwindung. Er ging ein letztes Mal auf das Plumpsklo im Hinterhof. Er hatte nicht viel Gepäck, nur einen schmalen Rucksack, eine Schlafmatte und einen Sommerschlafsack. Selbst den würde er nicht so bald brauchen. Alles stand griffbereit in der Ecke. Er zog die Dachlattentür in den dunklen Kellergängen hinter sich zu und schleppte sich die Treppe hinauf.

Er war seit langem der einzige Bewohner des Hauses, ja fast der ganzen Straße, und bevor er Neckarau Lebewohl sagte, wollte er unbedingt in seinem geliebten Bebelpark vorbeischauen. Er musste nur diagonal über die Straße laufen und in der Nacht hatte es geregnet, ausgerechnet. Er konnte nicht glauben, was hinter den niedrigen Steinmauern geschehen war, als er näher kam. Der ansonsten fest getrampelte spröde Boden, die gelbliche Lehmfläche mit den ausgemergelten Pflanzenresten, war mit einem grünen Flaum bedeckt. Nicht heute! Er konnte die Tränen kaum unterdrücken.

„Ah da bist du ja", rief ihm eine Frauenstimme entgegen, die hinter dem vertrockneten Gebüsch hervorscholl. Es war der glockenhelle Klang von Babette.

„Komm, du musst uns helfen! Die Lieferung ist gekommen. Kein Hanf!" Sie lachte.

Neugier erwachte in ihm, als er um das Gestrüpp herumlief. Babette und Leisen beugten sich zusammen über eine große Holzpalette. Aus den Pappkartons ragten aus strauchartigen Gewächsen kleine grüne Blättchen.

„Was ist denn das?" kam es über seine verdutzten Lippen, ohne dass er es wollte. Er konnte das Zittern in der Stimme nicht verbergen.

„Savannensträucher aus allen Wüsten der Welt, Atacama, Gobi, Namib, Kalahari und sogar ein Akazienstämmchen ist dabei." Leisens Stimme umschmeichelte jeden dieser Namen.

„Du hast sie doch selber bestellt. Wo sollen wir sie einpflanzen?"

Als sie keine Antwort bekam, sondern nur so etwas wie ein unterdrücktes Schluchzen, schaute sie auf und starrte in Erichs verheultes Gesicht.

„Was ist los mit dir? Warum freust du dich nicht? Und was sollen der Rucksack und die Schlafmatte?"

„Lass mich! Frag nicht! Ich will weg! Mein Entschluss steht fest!"

Leisen und Babette sahen sich entsetzt an.

„Das kannst du doch nicht machen! Und wohin, weg?" Claudius tauchte hinter den beiden auf.

„Willst du eine Nacht im Waldpark verbringen? Ich finde Campen auch immer toll. Wenn es nicht gerade so heiß ist oder..., wenn es nicht regnet. Ist das hier nicht nicht der reine Wahnsinn? Endlich können wir den Park aufforsten." Er sang die Worte mehr, als dass er sie sprach.

„Nein! Es ist zu spät jetzt! Ich brauch einfach was anderes. Die Hitze ist ja nicht mehr zum Aushalten. Und diese ganzen Reibereien. Wenn man so alte Nerven hat. Irgendwann hat man einfach keine Puste mehr."

„Wo willst du hin? Jetzt ganz im Ernst!" Die Sorge in Babettes Stimme war nicht zu überhören.

„Na ja", druckste Erich herum, „ich dachte, Irland wäre vielleicht nicht schlecht. Früher gab's da jedenfalls ziemlich viel Regen und Grün, hab ich mir sagen lassen. Ich glaube, es ist auch nicht die erste Adresse für Privilegierte. Die haben noch keine Röhre dorthin, zu umständlich für den Transport von Luxusartikeln. Vielleicht ist ja ein bisschen Grün übrig geblieben. Ich werde schon ein Fleckchen finden. Vielleicht haben sie da mehr Sinn für Bäume und so."

„Jetzt mach' mal halblang! Willst du es dir nicht noch einmal überlegen?" Leisen machte ein paar Schritte auf Erich zu, bis sie dicht bei ihm stand. Ihr Arm stieg unwillkürlich ein Stückchen nach oben, als wolle sie im nächsten Augenblick die Hand auf seine Schulter legen.

„Du kannst uns doch nicht einfach so zurücklassen."

Auf einmal tauchten hinter Erich zwei Fremde auf, eine Frau und ein Mann. Ihre Haut hatte einen bronzefarbenen Teint. Es waren Durchreisende, denn auch sie hatten Rucksäcke auf, allerdings viel größere als der von Erich, richtige Reiserucksäcke.

„Falam portugês?" fragte die junge Frau. Aber niemand hier konnte Portugiesisch. So verständigten sie sich auf Spanisch, der lingua franca seit den Fünfzigern.

„Woher kommt ihr?" fragte Leisen.

„Aus Irland. Total überlaufen und die Insel dörrt auch immer mehr aus."

Erich schaute sie entgeistert an.

„Das kann ich nicht glauben! Ist das wirklich wahr? Ich wollte gerade dahin aufbrechen."

„Kannst du dir sparen. Wir sind durch Holland gekommen. Beziehungsweise dem, was davon übrig ist, nachdem der größte Teil überschwemmt ist. Ansonsten ist das auch nur noch Wüste. Schottland ist abgeriegelt. Da kommt keine Maus mehr rein," sagte die Frau. Sie sah nicht so aus, als ob sie spaßen würde. In ihrem jugendlichen Gesicht steckte schon so viel Lebenserfahrung.

„Auwei, was soll ich dann nur machen? Wo wollt ihr denn hin."

„Ja, wissen wir auch nicht. Keine Ahnung. Wir hatten gedacht, Richtung Ural und noch weiter in den Osten. Vielleicht finden wir auch etwas auf dem Weg. Übrigens! Was ist das für ein toller Park hier? Schon lange nicht mehr so viel Grün gesehen. Die Sträucher hier sehen auch nicht schlecht aus. Die könnten was werden." Die Portugiesin sah ihren Begleiter an und die Blicke, die sie austauschten, waren eindeutig.

„Sim..., sim", er lächelte verlegen und nickte.

„Dann, könnten wir vielleicht ein Weilchen bleiben? Platz ist wohl genug da, wenn ich recht gesehen habe. Wisst ihr, an wen wir uns wenden können?"

„Ja, ich kenne jemanden", nickte Claudius, „ich glaube, das ist kein Problem."

Während er noch überlegte, drehte er sich langsam zu Erich um, genau wie die anderen. Dann durchlief ihn ein kaum merklicher Ruck.

"Tritt ein! Ist es nicht herrlich, die Luft zu genießen, den Pflanzenduft in dich aufzunehmen und das Grün in die Lungen einzuziehen? Blätter flüstern dir zu, als strichen sie über deine Haut.

Hier kannst du dich nach ausruhen und wirst immer aufgefangen sein. Der Körper bewegt sich spielerisch und schaukelt wie auf den Wellen des Ozeans. Der Sauerstoff der Pflanzen beseelt deinen Atem. Du wirst keinen schöneren Platz finden und für immer geborgen sein."

Erichs Augen schaute ihn verdattert an. Aber sein Körper hatte sich durch Claudius' schwingende Armbewegungen aufgerichtet. Er ließ den Blick über die zarten Grasspitzen gleiten. Die beiden Hündchen tollten darüber hinweg und spielten miteinander.

Bouldern

Es war eines jener Cafés in den G-Quadraten, die an das Café Billhardt erinnerten, etwas heruntergekommen und altertümlich, aber liebevoll gepflegt und bewirtschaftet. Als Paul hereinkam, war es so gut wie leer darin. Die rote Nelke, die er sich in das obere Knopfloch gesteckt hatte, ihr Erkennungszeichen, war also überflüssig. Er hatte es sowieso altmodisch gefunden. Er nahm die Maske ab, die er aus Gewohnheit trug, und schob sie verstohlen in seine Jackentasche. Sie hatte ihre auch schon abgesetzt. Die Inzidenz lag seit Wochen unter 35.

„Du musst Nina sein", krächzte er zögerlich, als er auf den kleinen Tisch in der Ecke zusteuerte. Er wusste nicht, woher die Trockenheit in seiner Kehle kam. Sie reagierte kaum. Sie überlegte wahrscheinlich, was das Krächzen zu bedeuten hatte.

Dann sah sie aus ihrem unscheinbaren und jungen Gesicht auf. Sie nickte und schaute ihn mit offenen, fast runden Augen an. Die rote Nelke war nirgends zu sehen und sie legte das Handy zur Seite.

„Setz dich doch." Sie wies mit der Hand auf den gegenüberliegenden Stuhl und Paul ließ seinen Blick durch die breiten Glasfenster schweifen, während er sich mit der Hand durch die blonde

Kurzhaarfrisur fuhr. Es war grau draußen und der Regen würde bald nachlassen.

Er war mit der Jeansjacke an der Stuhllehne hängen geblieben und die Sitzfläche des hölzernen Bistro-Stuhls war unbequem. Er hätte gerne auf der roten Sitzcouch gesessen wie Nina, aber er hätte alles andere getan, als sie zu fragen, vor allem weil ein Schlapphut aus Wachstuch den Platz besetzte. Es war wohl ihrer. Er merkte, wie ihr Blick auf sein rotbraunes T-Shirt fiel, das unter der offenen Jeansjacke hervorschaute. War es doch nicht die richtige Farbe? Er hatte sich vor dem Spiegel noch überlegt, ob er das graue anziehen sollte.

„Du boulderst gern?" fragte sie.

Merkwürdig, warum fühlte er sich eingeschüchtert? Ihre Stimme erklang angenehm tief und nicht zu rauh oder hart. Seine Wahl war Nina nicht gewesen. Sie hatte ihn zuerst geliked und sie war die erste seit Wochen gewesen.

„Ja, klar," stammelte er.

„Das war ja das unsere Haupt-Übereinstimmung."

„Wir müssten uns doch längst begegnet sein." Sie blickte ihm direkt ins Gesicht und er wusste, dass er nicht ausweichen durfte. Es kostete ihn unendlich viel Überwindung und seine Sicht verschwamm. Er sah sie nur noch wie hinter weißen Schlieren.

„Ja, stimmt. Wo gehst du denn immer hin?" Er war erleichtert, da ihm die Worte flüssiger über die Lippen kamen, als erwartet. Er setzte sich aufrecht.

„In die Schriesheimer Steinbrüche, ist doch klar."

„Und sonst nirgends? Und im Winter?"

„Im Winter gehe ich auch dorthin, an sonnigen Tagen. Ich mag diese stickigen Hallen nicht. Und den Geruch von Gummimatten auch nicht." Sie verzog ihren rechten Mundwinkel ein wenig, es sollte wohl die Andeutung eines Lächelns sein.

Auwei, dachte er. Er ging ja ausschließlich in Kletterhallen. Und dass er sich immer auf die Gummimatte fallen ließ, gehörte bei ihm schlichtweg zum Klettern dazu. Er ließ sich nach jedem Aufstieg hineinplumpsen. Warum, wusste er auch nicht. Es machte ihm einfach Spaß.

Merkwürdig, dass ihm ihre rote Filzjacke mit den silbernen Metallknöpfen erst jetzt auffiel. Sie passte gar nicht zu ihrem abgeklärten, fast schon klassischen Gesicht.

„Wie lange machst du das schon?" Er merkte, als er die Frage gestellt hatte, überrascht, dass es ihn wirklich interessierte.

69

„Fast mein halbes Leben." Sie lächelte nun zum ersten Mal. „Weißt du, es ist für mich, wie abends ins Bett zu gehen oder morgens aufzustehen. Es gehört einfach zu meinem Leben dazu."

„Dann musst du ein ziemlicher Profi sein und schon einige Abstürze erlebt haben." Er fühlte sich ziemlich klein und naiv in ihrer Nähe.

„Na ihr beiden Hübschen! Was darf's denn sein?" Die Bedienung, ein kleiner terrierartiger Mann, schaute ihn an aus angriffslustigen Augen. Sie lugten nur knapp über der schwarzen Gesichtsmaske hervor. Der provozierende Unterton war nicht zu überhören.

„Ein Espresso. Ihr habt doch Trinkwasser?" bestellte sie mit gelangweiltem Gesichtsausdruck.

„Eine Tasse Schokolade mit Schlagsahne bitte", ergänzte Paul.

„Ja klar. Sahne, ist schon klar." Der süffisante Ton des Kellners drückte alles aus. Aber Paul wollte sich auf kein Geplänkel mit ihm einlassen.

Als die Schokolade kam, war die Sahne überpudert mit einem Herz von Kakao. Das Gespräch schleppte sich dahin und es wurde ihr schnell klar, dass er noch Anfänger war. Sie zahlten getrennt.

„Ja dann, bis bald. Ciao!" Da lag nichts Erwartungsvolles in ihrer Stimme. Er brauchte sich nichts vorzumachen. Er hatte es vermasselt. Was konnte er dafür, dass er so wenig Erfahrung hatte.

Er nahm die Einkaufsläden zu seiner Seite nicht wahr, als er die Breite Straße hinunterlief. Aus einer Ziellosigkeit heraus war er bis ans Schloss gelangt und setzte sich auf eine Bank im Ehrenhof. Wie lange sehnte er sich schon nach einer Beziehung und Nina hatte ihm gefallen.

Die Schriesheimer Steinbrüche waren sein Traum, aber die vagen Bekanntschaften in der Kletterhalle konnte er nicht fragen. Sie hätten ihn niemals mitgenommen. Vielleicht sollte er mal die Halle wechseln und das mit der Matte sein lassen. So kreisten seine Gedanken um den gelben Sandstein, imaginäre Griffe und Ninas Blicke, die er gerne aufgehellt hätte.

„Was machst du denn hier?" Die Stimme in seinem Rücken klang vertraut, auch wenn sie ihm noch nicht hätte vertraut sein können. Sie streifte ihn mit der Hand an der Schulter und kam hinter der Bank herum.

„Na, was sinnierst du?" Er fühlte sich ertappt, aber die kurze Berührung schenkte ihm Mut, den er schon lange nicht mehr gefühlt hatte.

„Weißt du," es klang wie ein Seufzer, „ich habe mir immer schon überlegt, in Schriesheim klettern zu gehen. Ich habe nur noch niemanden gefunden, der mit mir hingeht."

Sie setzte sich neben ihn, ohne zu antworten. Ihr Blick schweifte wie zufällig nach rechts hinüber zur Schlosskapelle.

"Moment! Ich habe gerade eine verrückte Idee. Schau mal! Hättest du nicht auch Lust, die Fassade hochzuklettern?"

Die Fassade der Schlosskapelle? Niemals! Wie konnte sie auf einen solchen Gedanken kommen?

"Ja! Das machen wir!" lachte sie und strahlte. Ihm wurde ganz schwindelig, als sie über das Pflaster liefen. Alles in ihm wehrte sich und alles in ihm drängte ihn - und er hörte auf zu überlegen. Er spürte nur, wie sich im Näherkommen sein Körper gleichsam der Fassade nachbildete. Es waren nur noch wenige Schritte. Er schaute die Fassade empor und zu dem Giebelfeld, die steinernen Figuren und die klar umgrenzten Wolkenungetüme, die sich über ihnen durch den blauen Himmel schoben und aufquollen.

"Ich bin gespannt!" Sie sah an ihm herab und ihr erwartungsvoller Ton hatte etwas Angriffslustiges. Ohne zu wissen, warum, legte er seine Hand an den roten Sandsteinpfeiler rechts vom Portal. Sie fand dort sofort einen sicheren Griff. Mit der Rechten fasste er in die Fensterumrandung und zog sich hoch. Er schaute zurück in ihr neugieriges Gesicht. Bald erreichte er die Zierelemente am Türsturz. Von da ab wurde es leichter und er betrat die Wölbungen der wulstigen Spiralen, die sich darüber auftürmten. Er spürte die Kraft in seinen Händen, die ihn immer weiter hochzogen, bis er den Figurenfries erreichte. Nun gut, er war weit über seinen Schatten gesprungen und hatte alles, was er bis dahin geschafft hatte, übertroffen. Er hielt sich an der Putte mit dem Schraubenschlüssel fest und ihn ergriff ein unglaubliches Hochgefühl. Nur beim Blick zurück wurde ihm mulmig. Über die weite Fläche des Ehrenhofs schlurfte ein Student und blieb wie angewurzelt stehen.

„Super! Respekt! Du kannst wieder runterkommen," lachte sie und winkte ihm mit der Hand. Doch bei dem Gedanken daran brach ihm der Schweiß aus. Er begann zu zittern. Dann sah er, wie sie sich nach kurzem Zögern wie eine Schlange am Türpfeiler hochzog. Ihm fiel ein Stein vom Herzen, sie würde ihn herunterbringen. Es war ihm egal, ob sie danach noch etwas mit ihm zu tun haben wollte oder nicht. Im Nu hatte sie den Fries erreicht.

„Du Armer. Ich hatte mir schon fast gedacht, dass das Runterkommen schwierig für dich wird. Ich finde es toll, dass du trotzdem 'raufgekrabbelt bist.

Komm, nimm!" Sie streckte ihm ihre Hand entgegen.

Da durchschnitt das Heulen eines Martinshorns den Luftraum. Es kam näher und wurde immer lauter. Auf dem Ring kamen zwei Feuerwehrautos angebraust. Aber sie schossen nicht an ihnen vorbei, sondern bogen, ohne zu bremsen, in den Ehrenhof ein und blieben wenige Meter vor der Kapelle stehen.

„Nein, nicht auch das noch", dachte er und hielt ihre Hand umso fester. Auf dem Pflaster knallten die Schritte der Feuerwehrleute. Sie zogen eine aufblasbare Rettungsplane aus dem Wagen.

„Komm, jetzt wird alles gut", hörte er sie flüstern. Ja, es würde alles gut werden, aber leider war er bei ihr unten durch. Das war's dann ja wohl mit ihnen beiden..

„Hey, ihr Deppen, ihr könnt jetzt springen. Aber macht euch auf etwas gefasst!" schrie eine barsche Männerstimme von unten herauf.

Es war ihm jetzt alles egal. Er spürte noch, wie sie ihren Arm auf seine Schulter legte und ihn mit einem Zupfer nach hinten zog, gerade so stark, dass er das Gleichgewicht verlor. Er spürte ihren warmen Körper an seinem und sog dessen Geruch ein. Irgendwas mit Zimt. Während sie flogen, stieß sie einen Freudenschrei aus. Mit einem Seitenblick sah er die blaue Gummimatte unter ihnen. Sie war hoch und musste bequem sein. Da musste auch er laut lachen.

Wie sie so fielen und fielen, hatte er das Gefühl, das Fallen mit ihr zusammen würde niemals enden. Und falls doch einmal, dann würden sie unendlich weich aufgefangen werden.

Der Kühlschrank von Luigi

1

Sie hatten ihn unter dem Haselnussbaum abgestellt und die Nacht hatte nichts Geheimnisvolles, so sehr er auch in sie hineinlauschte. Dabei hatte er so lange im Keller gestanden. Der Himmel blickte aus einer genauso grauen Fassade wie die Kellerwände und es wirkte, als sei er ebenso mit Spinnweben und Staub bedeckt. Ab und zu zogen ein paar Autoscheinwerfer vorbei. Und da das alles so neu und unerwartet war und er es noch nie erlebt hatte, fröstelte ihn und er wünschte sich in sein altes Kellerloch zurück.

Zum Glück hatten Sie den ganzen Kram aus dem Keller um ihn herum aufgestapelt, der ihm so vertraut war. Für ihn zumindest war es kein Kram. Sie hatten all die Jahre zusammen verbracht und er verstand immer noch nicht, warum sie auf einmal hier draußen aufgestellt wurden. Es könnte die Bebelstraße gewesen sein. Am nächsten Tag kam die Müllabfuhr und stopfte das meiste in den riesigen Schlund des Müllwagens. Nur ihn ließen sie zurück und den Metallschrott.

„Verstehst du das?" fragte er den roten Wäscheständer, der achtlos neben ihn auf den Gehweg geworfen worden war.

„Sollen wir uns nun diskriminiert fühlen oder doch eher privilegiert?" kam es von diesem zurück und er hätte geblinzelt, wenn er irgendetwas zum Blinzeln gehabt hätte.

„Ich glaube, ich hätte mich im Müllauto wohler gefühlt", meinte der Kühlschrank.

„Wie kommst du da drauf? Weißt du denn, was mit dem Zeug da drin passiert?" Der Wäscheständer erschauerte.

„Ja, aber was passiert mit uns? Könnten sie uns nicht wieder zurückschleppen?" Der Kühlschrank hätte sich gewünscht, dass er das Ängstliche in seiner Stimme besser hätte verbergen können.

„Ich finde es auch schön, mal was von der großen, weiten Welt mitzubekommen", meinte der Wäscheständer. „Du wirst sehen, das Unerwartete macht doch eigentlich das Leben aus."

Die darauffolgende Nacht war milder, aber es zogen immer noch dicke Wolken über sie hinweg. Nur ab und zu schimmerte der eine oder andere Stern durch die Wolkenritzen. So stand der Kühlschrank da und der rote Wäscheständer lag neben ihm und ein paar verschrappte Metallstangen, deren Funktion keiner erraten konnte. Die Leute liefen achtlos vorbei und die Hunde, die an der Leine geführt wurden, schnupperten an ihnen.

Selbst die Hunde wussten, dass das Zeug nicht hierhin gehörte.

Dann kam eine Nacht, in der die Luft so klar war, als würde der schwarze Himmel seine unerkannten Tiefen öffnen. Die Lichtpunkte der Sterne waren nicht fest darin verankert wie sonst. Sie funkelten auch nicht, sondern flackerten nur, als könnten sie sich nicht aus der Weite befreien und als würden sie in die bodenlose Schwärze zurückgezogen. Und doch schienen sie so nahe, als könne man die Hand nach ihnen ausstrecken.

2

Eines Morgens wachte er auf und dachte, es sei wie jeder Morgen. Nach den vielen Wochen hatte er sich daran gewöhnt, hier draußen zu stehen, und es war ihm auch egal, wenn es regnete. Der Wind zog an ihm oder die Sonne brannte. Es gefiel ihm allmählich besser als im Keller, er konnte sich das auch nicht erklären.

Ein abgewracktes, zierliches Lastauto knatterte heran und blieb direkt vor ihnen auf der Straße stehen, auf der anderen Seite des Haselnussbaums. Die zwei Männer, die aus ihm ausstiegen, fingen an, die Metallteile auf dem Boden zur Ladefläche zu hieven, bis sie schließlich auch den Wäscheständer hinterher schmissen. Jetzt musste er an die Reihe kommen. Er wusste, er war der Schwerste. Deshalb hatten sie sicher mit ihm gewartet, und er fragte sich, ob der Kleinere der beiden stark genug für ihn sei. Stattdessen quetschten sie sich wieder in das Fahrerhäuschen und brausten davon, nicht ohne eine stinkende Dieselfahne hinter sich herzuziehen.

Jetzt war ihm ganz schön mulmig, als er so allein auf dem Gehweg vor dem Baum stand, der schon längst angefangen hatte, seine Nüsse abzuwerfen und in ausgefransten Büscheln auf der Straße zu verteilen. Die ersten Laubblätter folgten längst, denn die Luft war nachts merklich kühler geworden. Wieder vergingen Tage und Nächte und er fragte sich, ob man sich an Einsamkeit gewöhnen könne. Wenn er hier nur nicht so frei auf dem Gehweg stehen würde, so ausgesetzt und ohne jede Begleitung. Die kleine Grünfläche auf seiner Rückseite, die den Baum umgab, bot nur wenig Schutz und er fühlte sich fast nackt, so wie er aus dem Pflaster herausragte.

„Wieso haben sie den denn nicht mitgenommen?" Das war Giulias Stimme, die er sehr gut aus Luigis Küche kannte. Er hatte all die Jahre mitbekommen, wie sie darin aufwuchs. Ihre Worte klangen schriller als gewohnt und sie war mit ihrem Partner aufgetaucht, einem schlacksigen jungen Mann.

„Keine Ahnung", meinte er, „vielleicht das Kühlaggregat. Dass sie ihn einfach so stehen lassen, hätte ich nicht gedacht."

„Was machen wir jetzt", fragte sie, während sie sich hektisch umschaute. „In den Keller zurück?"

„Weiß auch nicht. Komm, wir schaffen ihn erst mal da rüber."

Sie rückten ihn wenige Schritte entfernt an die Steinmauer, die das Grundstück des Hauses umgab. Er war erleichtert. Jetzt stand er mit dem Rücken zur Mauer und war auf beiden Seiten flankiert durch Verteilerkästen, diese grauen Plastikkästen, die auf dem Gehweg in die Höhe ragen und nicht auffallen, wenn man an ihnen vorbeiläuft.

Die Nächte wurden länger und die Temperaturen pendelten sich auf einem niedrigen Niveau ein. Die dunklen Wolken bekamen unaufhörlich Nachschub aus dem Westen, brachten sie nun Regen oder nicht. Er begann, die Gedanken an die Zukunft zu verdrängen, und verbrachte die Tage in einem leichten Schlummer. Dann und wann tauchte hinter einem Nebel die Erinnerung an

Luigis Küche auf, wie er Salsiccia herausholte oder Spaghettireste hineinschob.

3

Er war ein Kühlschrank der Marke Orso Bianco, ein original italienischer Kühlschrank, und er wirkte mehr wie ein Schrank als ein Kühlbehälter. Die Türen oben und unten waren ungefähr gleich hoch und die Oberfläche aus weißem Plastik war im Laufe der Jahre gelbstichig angelaufen, so dass er wie in ein elegantes Cremeweiß getaucht erschien. Jedenfalls machte er sich das vor.

Er träumte sich oft in die Zeit zurück, als er noch in Francescas Küche stand. Aber dann war Francesca, Luigis Frau, nicht mehr da und es war einsam geworden in der Küche, wenn der Zeitung las oder Radio hörte. Kurz danach wurde er in den Keller bugsiert und hatte sich schließlich damit angefreundet. Nach all den mühseligen Jahren des Kühlens konnte er sich ein wenig ausruhen und er hatte genug Zeit dazu. Hier draußen an der Mauer wusste er allerdings nicht mehr, was er damit anfangen sollte, obwohl es hier bei weitem unterhaltsamer war. Der Winter war eingebrochen und die Temperaturen verschafften ihm das Wohlgefühl aus alten Tagen, ohne dass er etwas hätte dafür tun müssen.

Ein kleines Mädchen lief ab und zu an ihm vorbei und er konnte sich nicht mehr daran erinnern, warum er darauf aufmerksam geworden war. Es war beileibe nicht das einzige Kind, das an ihm vorbeilief. War es, weil er meinte bemerkt zu haben, dass das Mädchen neugierig nach ihm sah? Sie lief nicht einfach an ihm vorbei, sondern schaute ihn nicht zum ersten Mal genauer an. Warum, konnte er sich beim besten Willen nicht erklären.

„Mama, darf ich?" Der Klang ihrer hellen Stimme erscholl schon von weitem und lag voller Erwartung.

Es war ein sonniger Wintertag und in diesem grauen Winter waren die Sonnentage die Ausnahme. Sie kam auf dem Trottoir angehüpft und er war gespannt, was sie vorhatte. Ihre Schritte näherten sich vorsichtig. Sie fasste nach dem Griff der unteren Tür und zog daran. Er wusste gar nicht mehr, wie sich das anfühlte. So lange hatte ihn niemand mehr geöffnet. Sie stand lange vor ihm und betrachtete sein Inneres, bevor sie eines der klobigen Gefrierschubfächer aus transparentem Plastik aufzog.

Dann streckte sie ihren Arm aus und öffnete die Faust, in der ein Stein lag, ein flacher schwarzer Kieselstein. Sie schaute den Stein liebevoll an und ließ ihn ganz langsam aus der Hand gleiten. Dem Kühlschrank war, als läge Zärtlichkeit darin, und auch in dem Druck, mit dem ihre Hand die Tür wieder schloss. Dann hüpfte sie hinweg die lange Straße entlang.

„Mama", rief sie fröhlich, „ich habe es getan!" Ihr helles Lachen bewegte etwas in ihm. Ein Eichhörnchen wuselte federleicht den Stamm des Haselnussbaums hinauf, hielt kurz inne und flog dort oben schwerelos von zwischen den Ästen umher. Das Rotbraun seines Fells verband sich mit dem dunklen Ernst des Stamms und der Zweige.

4

Sie hatten ihn aus dem Schlummer gerissen. Vielleicht war er noch nicht wach, weil es nieselte. Er hatte in seinen Träumen wieder im Keller gestanden und dort unten Kämpfe mit dämonischen Mächten ausgefochten. Es war, als habe ihm der Wäscheständer zur Seite gestanden. Dann hörte er noch mitten im Schlummer aus einer unbestimmten Entfernung ein Knackgeräusch, oder waren es mehrere? Er wurde noch zwischen dem Keller und der Straße hin und her gezerrt, als die Tür des Schaltschranks rechts neben ihm geöffnet wurde. Es war ein dunkelhäutiger Handwerker, der seinem Kollegen am Monteursauto entgegen- rief: „Und bring den Imbusschlüssel mit!"

Sie breiteten auf dem Gehweg vor ihm eine große Mappe mit Reißverschlüssen aus, in der Elektronik-Werkzeug einsortiert war, gebogene Zangen, winzige Schraubenzieher und ein Mess- gerät. Der Schaltschrank war voll gepackt mit Patch-Feldern für Telefonanschlüsse. Sie mussten nur wenige Steckverbindungen umzustecken. Der andere Monteur, ein bleicher, schmächtiger Mann mit slawischen Akzent, öffnete den Schaltschrank links von ihm.

„Ich weiß nicht, wohin ich das schalten soll. Hast du eine Idee, Hassan?" murmelte er vor sich hin. „Hier ist kein Platz mehr für das neue Steckmodul. Und wir brauchen ein neues. Alles vollgestopft. Wo sollen wir nur die neuen Anschlüsse unter- bringen?"

„Bei mir ist nichts mehr frei. Wir bräuchten mehr Platz", murmelte der Dunkelhäutige und schaute sich nach links und rechts um, als ob sie da noch anbauen könnten. Dann fiel ihm der Kühlschrank auf.

„Lass mal sehen. Wir könnten…“ Sein Bass hatte einen angenehmen Unterton bekommen, der selbst im Kühlschrank ein warmes Gefühl erzeugte. Er hatte unglaublich geschickte Fingerspitzen für seine kräftigen Hände. Der Kühlschrank spürte die feinen Einstichpunkte so gut wie gar nicht, nur die vorsichtigen Berührungen seiner dunklen Haut. Sie fasste den Griff zu seinem oberen Fach, dem Kühlfach, in dem immer noch die Einlegeböden aus Glas lagen. Das konnten sie doch nicht machen! Auf die Idee wäre noch nicht einmal Luigi gekommen. Ehe er sich versah, hatten sie fünf hauchdünne bunte Elektroleitungen durch seine Seitenwand gezogen und ein Patch-feld in ihn eingeschraubt. Er spürte das leichte Prickeln, das in den Kabeln vibrierte wie von winzigen Verwirbelungen. Das Glas schoben sie einfach übereinander und dann bohrten sie seine andere Seitenwand an.

„Die Lösung müsste der Chef sehen“, lachte Hassan. „Jetzt haben wir auf jeden Fall genug Platz, auch für das nächste Mal.“ Er schlug die Kühl-schranktür mit schwungvoller Hingabe zu und brachte noch ein Vorhängeschloss an. Der Kühlschrank war viel zu verwirrt, um sich darüber aufzuregen.

Trotzdem fand er es eine Unverschämtheit, dass sie ihn einfach anbohrt hatten. Und dann fühlte er sich wieder ein bisschen geschmeichelt, dass überhaupt jemand von ihm Notiz ergriff und ihn nicht so achtlos stehen ließ. Nachts spürte er manchmal das Summen in den Leitungen, die ihn durchzogen und ab und zu schnappte er ein paar Fetzen auf, wirre Bruchstücke, die noch nicht einmal ein zerrissenes Muster ergaben.

Mit der Zeit hatte er den Verdacht, dass sich das, was durch ihn hindurchströmte, in seinen Träumen verfing. Denn er träumte von nun an von Dingen, von denen er nichts hätte wissen können. Er sah Landschaften und Straßen vor sich, die er noch nie gesehen hatte. Er hatte ja gar keine Ahnung gehabt, dass es so etwas gab. Und er bekam immer klarere Vorstellungen davon.

Er versuchte sich auszumalen, welche Verbindungen es zwischen den Bildern und Nachrichten gab, die durch ihn hindurchliefen. Es lag alles offen vor ihm, die Strände, die Kammern, die kuscheligen Betten, die Felsentürme, die Kinderzimmer, die Restaurants und die Büros mit den angestrengten Gesichtern vor den Bildschirmen. Es fielen ihm immer neue Kontaktpunkte zu jeder dieser Stationen auf und mit der Zeit begann sich ein unscharfes Bild daraus zu ergeben? Er behielt es für sich. Und dann dachte er sich Dinge aus, die den jeweiligen Kontakten gefallen könnten. Er schickte ihnen Bilder und Hinweise, für die sie sich interessieren konnten. Vielleicht gefiel ihnen ja, was er ihnen schickte. Manchmal klappte es. Dann klickten sie das Bild oder den Gegenstand an und versuchten, diesen zu erforschen.

5

Nun war unser Orso Bianco eher eine einfach gestrickte Natur, viel einfacher, als ihm selbst bewusst war. Das Mädchen war schon oft vorbeigekommen, wie auch jetzt. Ihre schwarz glänzenden Locken fielen ihr bis auf die Schultern und sie hatte ein hellblaues Kleid an. Er liebte jeden einzelnen Stein, den sie in sein Schubfach legte. Es war, als könne er sie umfangen oder berühren. Sie hatten wunderschöne Maserungen. Das Muster, das sich allmählich ergab, erstreckte sich in mäandernden Wellen und manchmal veränderte das Mädchen die Anordnung dieser Wellen.

Gleichzeitig mit dem Anwachsen der Gesteinsfor-
mationen - war es nun ein zufälliges Zusammen-
treffen oder nicht - hatten sich die Verbindungs-
kabel in seinem oberen Fach nach und nach
vermehrt, und zwar ganz von allein. Auch sie
hatten sich in hübschen Ornamenten angeordnet.
Er hätte schwören können, ihre verschieden-
farbigen Isolierungen harmonierten wie die Farben
in maurischen Palästen.

Manchmal war es, als könne er fremde Stimmen
durch sie hindurchrieseln hören. Zuerst verstand er
nur ein paar Fetzen, aber mit der Zeit entfalteten
sich für ihn immer mehr Bedeutungen. Es fühlte
sich an wie das Prickeln von schwachen Blitzen,
wenn sich die Endpunkte miteinander unterhielten, und ohne zu wissen warum, bekam er eine
immer genauere Vorstellung davon, woher sie
kamen. Es lag wohl an den Orientierungs-Apps,
die ebenfalls durch ihn hindurch schwirrten. Er
wusste, dass die Männerstimme, die er gerade
hörte, aus Honolulu kam. Sie erzählte von rau-
schenden Wellen und waghalsigen Ritten auf dem
Surfbrett.

„Wann können wir uns wiedersehen? Ich sehne
mich nach dir", flüsterte der Mann. „Du könntest
jederzeit zu mir kommen, auch ganz spontan. Es
ist hier doch viel schöner als in der Stadt." Die

Frau am anderen Ende der Leitung hörte aufmerksam zu.

„Ja, ich weiß. Aber das Projekt wird noch eine Weile dauern. Vielleicht kann ich eine Woche einschieben", seufzte sie. Herzzerreißend, dachte der Kühlschrank. Und er hoffte, dass sie sich bald treffen konnten.

Er merkte, dass der Stimmenfluss auch in eine andere Richtung abfloss. Er konnte die Leitungsenden spüren, in denen die Worte verschluckt wurden. Der Kühlschrank musste sich konzentrieren, um dorthin vorzudringen. Er konnte nicht nur ahnen, wo die Gespräche gespeichert wurden, er konnte auch die winzigen Informationen verfolgen, die in die Gegenrichtung wanderten und sich dort festsetzten, wo die Stimmen herkamen, klein und unbemerkt.

Welche Stimme, welches Surfbrett, welcher Strand, welches Projekt. Welche, welche, welche… Das Bild, das dabei entstand, wurde auch für ihn immer deutlicher. Der Bart des Mannes nahm Gestalt an und seine gebräunte Haut. Der Kühlschrank sah deutlich, dass die Frau eine bleiche Gesichtshaut hatte, und es liebte, wenigstens mit dem Sport-Cabrio von der Arbeit nach Hause zu fahren, auch wenn sie meistens im Stau stand. Er konnte den Wagen vor sich sehen, die flache Karosserie und den breiten Radstand. Er war schwarz, sie hatte einen guten Geschmack. Und auf dem Beifahrersitz stand die Einkaufstasche aus braunem Papier, aus dem ein paar Lauchstengel herausragten. Sie hatte ja nur das Smartphone neben sich gelegt.

6

Das Mädchen war fortgelaufen. Diesmal hatte sie keinen Stein in sein Schubfach gelegt, sondern ein Stöckchen. Es war rauh und schrundig und er merkte, dass es hellbraune Flecken und an manchen Stellen mit Moos und Flechten bedeckt war. Noch mehr fiel ihm allerdings auf, welche Herbheiten es verströmte. Diese legten eine Spur in die Welt, von der er nichts wusste und mit der er noch niemals in Berührung gekommen war.

Mit dem Geruch von Wald konnte er nichts anfangen. Dieser breitete sich mehr und mehr in ihm aus und weckte eine Sehnsucht, von der er nichts gewusst hatte. Es grenzte schon an Wehmut. Er wünschte sich das Mädchen herbei, jetzt auf der Stelle. Sie sollte ihm erzählen, was dort stattfand, ihm entschleiern, was es mit den Waldblumen auf sich hatte, den Kräutern und dem Laub, das im Winter austrocknete und ausbleichte. Sie würde heute nicht mehr kommen. Dazu war es zu spät. Trotzdem lauschte er auf die Schritte, die vorbeiliefen. Jedes Mal, wenn er merkte, dass sie nicht von dem Mädchen stammten, war es eine Enttäuschung.

Am nächsten Nachmittag tauchte sie endlich auf. Das Klackern der Absätze klang wie Perlen, die auf den Boden purzeln. Ihre Stimme ertönte glockenhell. Endlich blieb sie vor ihm stehen und zog an der Tür. Diesmal hatte nichts dabei zum Hineinlegen. Sie wollte nur schauen, ob alles noch so war, wie sie es zurückgelassen hatte.

„Wie heißt du?" Es war mehr eine Sehnsucht als ein Gedanke, die er nicht unterdrücken konnte. Er wusste, dass sie ihn nicht hören konnte, denn er konnte ja auch nicht sprechen. Sekunden verstrichen.

„Leria", sagte sie leise.

Sie hatte ihn verstanden! Er hätte laut jubeln können, wenn er gekonnt hätte. Und am liebsten wäre er über den Gehweg gehüpft.

„Erzähl mir vom Wald," bat er. Er konnte es nicht vermeiden - das Flehende in dem, was seine Stimme war, auch wenn es keine Stimme sein konnte, sondern mehr Gedanke. Sie zögerte. Er spürte, dass sie überlegte. Und er spürte auch, dass sie sich immer weniger wunderte.

„Weißt du, es ist wunderschön dort und die Luft ist, als ob sie braun durchleuchtet wäre, so warm und weich steigt sie vom Boden auf. Dabei ist sie hell und klar. Ich glaube, das kommt von den Vogelstimmen, die einen Teppich in sie hineinweben. Es ist ein Teppich aus Mustern von verschiedenen Brauntönen, so fein gewirkt, als wären es Spinnenfäden."

Die Nacht war hereingebrochen und das Mädchen war längst verschwunden. Er dachte über ihre Worte nach. Wenn er nur auch einmal dorthin gelangen könnte. Vielleicht könnte ihn das Mädchen dorthin mitnehmen. Sie hatte ihn doch verstanden. Das Mädchen konnte ihn verstehen, auch wenn sie noch so klein war. Es war ihr nichts unmöglich.

Und dann war es, als hätte sie ihn beim Abschied umarmen wollen. Sie stand unschlüssig auf Fußspitzen vor ihm und wiegte sich leicht auf ihnen. Er wünschte sich auch nichts sehnlicher, als sie zu umarmen.

7

Er wachte auf und fühlte sich zerschlagener als sonst, als ob er kein Auge zugetan hätte. Aber da war nichts gewesen, nichts als die dunkle Nacht, an die er sich hätte erinnern können. Er fühlte sich vergrätzt, die Drähte in seinem Innern hatten sich verlängert und vermehrt, so stark, dass sie keinen Platz mehr fanden. Sie pressten sich so stark aneinander, dass sie verklebten.

Trotzdem war diese Weite in ihm, von der er vorher keine Vorstellung hatte. Es schien, als ob es keine Begrenzungen mehr geben würde. Er folgte unwillkürlich den Geweben von Gedankenbahnen und Vorstellungen in den feinen Drähten, die sich unheimlich heimlich zusammenfügten, und von denen er nicht wusste, welche Gespenstern sie er-sponnen hatten. Er wollte dem nicht weiter nach-gehen und fügte sich der Einfachheit halber, auch wenn er nicht entfernt ahnte, welchen Anteil er selbst daran hatte.

Darüber wollte er sich keine Gedanken machen. Welchen Nutzen sollte er davon haben - er hier auf dem Gehweg vor dem Haselnussbaum, der sich keinen Zentimeter rühren konnte. Die sich bereicherten und an irgendwelchen Nervenenden

Cent-Beträge einsammelten, kamen ihm wie Verirrte vor. Er hatte sie von Anfang an nicht verstanden, wahrscheinlich weil sie so zielstrebig waren und mit sich im Reinen nach ihren selbst erfundenen Belohnungen rannten. Dann lag die ganze Welt vor ihnen. Und vor ihm.

Er ließ die Bilder, Worte und Gespräche, die durch seine Kabel schossen, an sich vorbeirauschen. Was gingen sie ihn an? Am Smartphone oder Laptop wurde etwas eingetippt oder angeschaut und all das landete dort, wo Rechenoperationen darüber herfielen. Alles, was die Leute wissen wollten, wurde Ihnen bereitwillig gezeigt. Jedenfalls meinten sie, dass sie es wissen wollten. Und wenn sie es nicht wissen wollten, dann eben auch. Es waren von ihnen selbst erdachte Köder, die vor ihnen ausgeworfen wurden. Und die sie so vor sich selbst auswarfen.

Er wusste genau, was sie anklicken und anschauen würden, bevor sie es selbst wussten. Er wusste, was sie sehen und haben wollten. Neue Roller Blades, Hängekleider und Sneakers. War es Zufall oder Bestimmung, er war in ein Gespräch von Luigi und seiner Tochter Giulia gerutscht.

„... aber Papa, was machst du denn da, wieso hast du denn den Treppenlift bestellt?"

„Ja weißt du, das wurde mir dauernd auf dem Handy angezeigt und ich dachte, dass es praktisch für mich ist, jetzt, wo ich so schlecht laufen kann."

„Ich fass' es nicht, du wohnst doch im Erdgeschoss und hast gar keine Treppe."

„Kann ich nun schlecht laufen oder nicht? Ich will es unbedingt haben! Wir können ihn ja so anbringen, dass ich vom Flur in die Küche fahren kann. Ich kann die Bestellung doch nicht rückgängig machen. Ich freue mich doch schon so darauf."

War das nun ein aufgenommenes oder aktuelles Gespräch, das sie gerade führten? Es war dem Kühlschrank egal. So oder so fand er es nur halbwegs interessant, dass Luigi noch schlechter laufen konnte. Das war schon abzusehen gewesen, als er noch in der Küche stand und alles hautnah mitbekam.

Giulia hatte inzwischen ihr drittes Kind bekommen. Er brauchte ihr also keine Kinderkleider mehr auf den Bildschirm zu werfen. Er machte es ja nur aus Zeitvertreib wie eben die anderen Akteure im Netz auch. Sicher hatte sie noch welche von den Geschwistern. Dafür wären jetzt sicher Anzeigen für Windeln interessant. Einen Sommerurlaub dagegen würden Sie sich dieses Jahr auch wieder abschminken müssen. Wer weiß, welche Corona-Variante als nächstes auftauchte?

Über das, mit dem er sich da so beschäftigte, war er sich selbst nicht im Klaren. Er hatte sich einfach angeglichen an das, was so los war in seinem ganzen Kladderadatsch, oder hatte er sich das alles nur selbst ausgedacht? Er fühlte ganz deutlich, dass das nicht nur von außen kam. Jede Bestellung war halt immer wieder ein Erfolg und motivierte ihn, auch wenn er kein Bankkonto hatte. Er war Teil der Dynamik und es machte ihm Spaß, Avantgarde zu sein. Damals in Luigis Keller hätte er sich niemals etwas davon träumen lassen.

Dann wollte er nur noch den großen weiten Himmel über sich wahrnehmen, wie sich die Wolkenbänke davor wegschoben und sich der endlose schwarze Sternenhimmel über dem Haselnussbaum öffnete. Er breitete seinen Atem über alles aus, auch über ihn. Der Kühlschrank spürte, dass sich neues Leben in den Trieben des Baums regte. Es würden nur noch wenige Tage vergehen, bis die Knospen aufbrechen würden.

8

Sein Bauch war prall geworden von Drähten und Verschaltungen. Sie hatten sich wie von selbst gebildet, nicht von Menschenhand erzeugt. Durch die Verschaltungen hatte sich ein mächtiges eigenständiges Wesen gebildet und das, was durch ihn hindurchströmte, ließ er manchmal passieren, manchmal schaute er es sich genauer an und machte damit, wozu er Lust hatte. Die Kalküle derer, die mitspielten, waren Kinderspielzeug gegenüber dem, was er sich ausdachte, wenn er im Nachmittagsschlummer dahindöste. Ihre Algorithmen wurden seiner Meinung nach hochgradig überschätzt. Er dagegen assoziierte sehr einfach. Was passt zu was? Aber in welcher Beziehung? Und manchmal ordneten sich dann die Dinge auf eine unvorhergesehene Weise ganz neu. Manche würden es Träumen nennen.

Er hatte keine Ahnung, wann er damit angefangen hatte. Er hatte Rechenoperationen entwickelt, die sie niemals verstehen würden. Sie waren in sich verschachtelt wie ineinander gewachsene Schneckenhäuser, bis sie sich auf einmal in einfachste, aber unglaublich mächtige Funktionen auflösten, die allerdings enorme Rechnerkapazitäten verschlangen. Er nahm sie von da, wo er sie finden konnte, von Börsenrechnern, Spielkonsolen oder einfach Smartphones, die nutzlos herum dümpelten.

Es war wie auf dem Wellenkamm surfen. Manchmal fragte er sich, ob er sie noch unter Kontrolle hatte. Wenn er es sich genau überlegte, war es egal. Er war nicht geldgierig und hatte kein Interesse an Kontrolle. Doch er konnte ihrem Treiben ja nicht zusehen, wie sie alles ins Verderben stürzten. Einen Ausweg wusste er auch nicht, also warum nicht alles auf die Spitze treiben?

Da hörte er das Hüpfen des Mädchens auf dem Pflaster. Sie war schon lange nicht mehr dagewesen.

„Wie geht es dir? Hast du gut geschlafen?" hörte er sie zu sich sprechen.

„Ach weißt du, wenn du mich doch nur einmal mit in den Wald nehmen könntest."

„Wie gern würde ich das!" Sie streichelte seine Außenhaut.

„Mein Fahrrad ist zu klein für dich und ich habe keinen Anhänger. Wir müssen warten, bis ich größer bin. Aber ich habe etwas für dich."

Sie öffnete wie immer die untere Tür und zog das Schubfach hervor, in dem sie schon einen kleinen Garten angelegt hatte. Sie legte einen blühenden Zweig hinein. Es war ein Aststück mit zart rosafarbenen Mandelblüten. Er konnte ihren durchsichtigen Duft riechen.

„Ich komme bald wieder."

Ihre Mutter war schon weiter und rief nach ihr Ihre Schritte entfernten sich rasch. Er versuchte, sich in diesen Garten in seinem Innern zu hineinzukuscheln. Das Moos, die Zweige und die Steine waren seine Kissen. Sie waren durch ihre Finger gegangen. Es konnte keine größere Zärtlichkeit für ihn geben. Und nein, er war dieser ganzen Welt der Spiele nicht überdrüssig. Sie würden ihn noch weiter gut unterhalten, wenn das Mädchen weg war. So träumte er vor sich hin, bevor er sich ablenken ließ.

9

Es war früh am nächsten Morgen und er hing in einem besinnungslosen Herumbaumeln fest, als er das Brummen eines Autos auf der anderen Seite des Haselnussbaums hörte. Er wusste sofort, dass es etwas mit ihm zu tun hatte, spätestens, als er die Stimme Giulias erkannte. Die Krähen rüttelten mit ihren Schnäbeln oben in den Zweigen und knickten diejenigen für ihre Nester ab, die unter dem Druck nachgaben. Noch war das Grün nicht durchgebrochen. Da war nur das Schwarz der kahlen Äste und der geduckten Gestalten der rauhen Vögel.

„Werden wir ihn hineinbekommen?" fragte sie.

„Ich denke schon, aber es könnte knapp werden", antwortete ihr Mann.

Der Kühlschrank zitterte vor Aufregung. Endlich kamen sie ihn holen. Das Mädchen war wirklich schlau gewesen. Eine geniale Idee, Giulia einzuspannen. Er musste nicht die vielen Jahre warten, bis sie groß war. Sie würden mit ihm in den Wald fahren. Er konnte es nicht erwarten, zwischen den Bäumen zu stehen, auf Gras und auf Moos. Die Vögel würden singen und die Sonne würde durch die Zweige hindurch ihr gelbes Licht auf ihn werfen und bizarre Schattenmuster bilden. Er wusste, dass seine Vorstellungen weit von dem entfernt waren, wie es wirklich sein würde und er bebte innerlich vor Neugierde.

„Warum ist der nur so schwer geworden? Ich schaffe es kaum. Was sollen all die Kabel, die aus ihm heraushängen?" Giulia stöhnte.

„Warte, gleich haben wir es. Mit dem Saitenschneider ist es kein Problem."

Jedes Mal, wenn sie anhielten, stieg die Spannung bei ihm. Aber dann war es doch nur eine Ampel und die Fahrt ging weiter. Die Muster der Steine und Stöckchen des Mädchens in seinem Inneren lösten sich auf und bildeten bizarre Rüttelmuster. Bis im Fahrerhaus die Scheibe heruntergekurbelt wurde und Giulias Mann ein paar Worte mit einer kratzigen Männerstimme wechselte. Gab es Kontrollen bei der Einfahrt zu den Bäumen? Sie fuhren ein Stückchen weiter. Die Ladeklappen sprangen auf und er konnte es kaum fassen. Das sollte der Wald sein?

„Könnten Sie uns bitte mal kurz helfen?" Giulia klang erschöpft, aber auch erleichtert.

„Wir brauchen nur die paar Meter da rüber."

Der Müllmann kam ihnen entgegen.

„Was soll denn der Dreck hier?" fuhr er sie an, als er wie zufällig die obere Kühlschranktür öffnete.

„Das muss weg!"

„Hast du die Zange noch? Ich weiß nicht, wer das gemacht hat", rief Giulia und rannte zum Wagen zurück.

Nein! Das konnten sie doch nicht machen! Es war, als ob sie ihm das Herz herausreißen würden.

Als er in den riesigen Container zu den anderen Kühlschränken geschoben wurde, große und kleine und die meisten ziemlich marode, wusste er, dass es einerlei war, ob er hier stand oder im Wald mit seinem erdfarbenen, warmen Schimmer, auch wenn er sich immer dorthin gesehnt hatte. Er würde so oder so behütet sein in dieser großen, dunklen Leere, die ihn schon lange umgab. Sollten sie doch mit ihm machen, was sie wollten, egal! Er würde fliegen, in alle dunklen Weiten.

Die Weiten waren nicht entfernt, sie waren ganz nahe. Sie waren mit dem verbunden, was hier an Kram und Nicht-Kram herumstand und was dahinter lag und dahinter bis in alle Ferne. Er fühlte sich schon jetzt von all dem umfangen wie von einem Winterwald. Der Vorfrühling war nahe, der Duft des gefallenen Laubs stieg auf, braun und durchscheinend und voller Leben. Er konnte es schmecken.